suhrkamp taschenbuch 4317

Frühlingserwachen auf der Krim, die mysteriöse Begegnung in einer Radarstation in den Karpaten, das Schicksal einer untergegangenen Insel in der Donau – die besten Schriftsteller aus den Ländern zwischen Ostsee und Schwarzem Meer schlagen poetische Funken aus einem Leben im permanenten Umbruch. Osteuropa, so will es das Klischee, ist der Wilde Westen nebenan: Rauher, härter, aber auch aufregender geht es dort zu, die Geschichten liegen auf der Straße. Doch um zu erzählen, was sich hinter den exotischen Kulissen des Schrillen, Tristen und Morbiden wirklich abspielt, vor allem aber: um zu zeigen, was es uns angeht, braucht es den unerschrockenen Blick und eine reiche, unabgenutzte Sprache. *East Side Stories* versammelt einige der originellsten literarischen Stimmen der Gegenwart, und es ist kein Zufall, daß sie alle in Osteuropa beheimatet sind.

Das wilde Leben

EAST SIDE STORIES

Herausgegeben von Katharina Raabe

Suhrkamp

Umschlagfoto: Reiner Riedler/Anzenberger

suhrkamp taschenbuch 4317
Erste Auflage 2012

Satz: Hümmer GmbH, Waldbüttelbrunn
Druck: Druckhaus Nomos, Sinzheim
Umschlaggestaltung: Lowlypaper. Marion Blomeyer
Printed in Germany
ISBN 978-3-518-46317-8

1 2 3 4 5 6 – 17 16 15 14 13 12

Das wilde Leben

Mircea Cărtărescu

ADA-KALEH, ADA-KALEH

Noch heute erinnere ich mich an den Geruch des Bildes von der Insel Ada-Kaleh. Wenn ich auf dem Bett herumhüpfte, hüpfte auch jene grüne Insel mit ihrem blaßgelben Minarett auf und ab, während die Türkin im Vordergrund mal im etwas grellen Blaßgrün der Donau schwebte und mal in der blauen Schmiere des Himmels. In den ersten Tagen hatte der Geruch nach Leinöl mein kleines Zimmer bis unter die Decke angefüllt, und wenn ich das Fenster öffnete, konnte ich buchstäblich sehen, wie er hinausfloß und sich wie ein Wasserfall über die fünf Etagen aus grobkörnigen vorgefertigten Platten hinabstürzte. Er war eklig und trotzdem angenehm, wie viele andere Gerüche, der des Benzins, des Ebonits, der Nußbaumblätter und des Naturkautschuks, ja selbst der Geruch der toten Katzen auf dem Hof hinter dem Wohnblock. Die Farbe war noch nicht trocken: ich hatte mehrfach den Fingernagel hineingesteckt, er drang ein wie in Butter, bis Vater mich erwischte und das übliche Riemen-aus-den-Hosenschlaufen-Ziehen folgte. Schließlich hatte das Bild 25 Lei gekostet, sehr viel Geld für eine Arbeiterfamilie, die umgezogen war in die Chaussee Ştefan cel Mare und damit begonnen hatte, so, wie sie es eben verstand, sich das kleine Apartment zu verschönern. Der Wohnblock war noch nicht ganz fertig, morastige Gräben, in denen die Abwasserrohre verlegt werden sollten, umzogen ihn, auch der Fahrstuhl war noch nicht in seinen bedrohlichen Schacht einmontiert, aber die Meinen hatten ihre Dinge in Angriff genommen. Erst einmal tapezierten sie mit der Gummiwalze, für jeden Raum ein anderes Muster – hier kaffeebraune Zweige, dort rötliche Eicheln, in meinem Zimmer melancholische Palmen, und alles mit glitzerndem Tröpfchenglimmer bespritzt –, dann schleppten sie ein paar Möbelstücke an, die sie bei der Verwandtschaft eingesammelt hatten, und kauften sogar ein massives Radio mit einem großen Auge, das grün-phosphoreszierend aufleuchtete, wenn man auf die Einschalttaste drückte. Mir hatte man strikt verboten, am Radio herumzuspielen, aber in den langen Stunden, die ich nachmittags schlafen mußte, klimperte ich endlos auf seinen Tasten herum, drückte gleichzeitig zwei oder drei davon hinunter, drehte an den etwas plump geratenen Knöpfen, die aus dem gleichen, harten und beinahe transparenten Kunststoff gefertigt waren, bis der Zeiger auf dem leinenen Bildschirm von Berlin nach Warschau und weiter nach Moskau glitt. Am liebsten aber schaute ich tief in das grüne Auge, das immer kräftiger strahlte, wie ein Edelstein, je mehr sich der Apparat aufwärmte. Eines Tages, als ich wie im Rausch einem Hörspiel folgte, die Ohren gespitzt, um auch die geringsten Geräusche aus dem Speisezimmer noch aufzufangen (Vater mit seinem Damenstrumpf auf dem Kopf, damit die Haare nach hinten gepreßt würden, konnte jeden Augenblick auftauchen, um nachzusehen, ob ich schlafe), klingelte jemand an der Tür. Ich hörte Stimmen, darunter die einer unbekannten Frau, etwas, das in der kleinen Nachbarschaftswelt unseres Wohnblocks äußerst selten vorkam. Manchmal kamen Frauen von den Zeugen Jehovas mit ihren Broschüren, auf denen immer das gleiche stand – »Ich bin der Weg, die Wahrheit und das Leben« –, an unsere Tür, Zigeunerinnen, die Töpfe oder Teller gegen alte Kleider tauschen wollten und endlos feilschten, und kurz vor Neujahr der Pope mit dem Weihwasser, dem die Meinen niemals öffneten, sondern durch die Tür mitteilten: »Wir empfangen nicht! Wir haben andere Überzeugungen!« Sonst hatte da niemand etwas zu suchen, außer, selbstverständlich, Tante Vasilica, Mutters Schwester. Aber deren honigsüße Stimme kannte ich gut genug. Neugierig stand ich vom Bett auf, schaute mich einen Augenblick lang im Spiegel an (ein schmales, neunjähriges Bürschchen mit nichts als einer Feinrippunterhose schaute mir in die schwarzen Augen) und ging in den kleinen Flur zwischen unseren Zimmern. Ich öffnete die Tür einen Spaltbreit und lugte ins Speisezimmer. Am Tisch saß eine derart bunt gekleidete Frau, daß die Meinen neben ihr wie Kleiderpuppen aus den verstaubtesten Geschäften aussahen, beinahe hätte man sie übersehen. Die Frau rührte in der unvermeidlichen Sauerkirschkonfitüre und redete ununterbrochen. Sie hatte etliche Kartonstücke aus der Tasche gezogen und wedelte meinen Eltern damit fortwährend vor den Nasen herum. Wie seltsam sie war, eine »Dame«, anders als alle Mütter im Wohnblock, die ständig verschwitzt vor ihren Kochmaschinen standen, immerzu einen Lappen in der Hand, um die Fliegen zu vertreiben. Ihre Augen strahlten blau unter den dunkel gefärbten Wimpern hervor, und die Zähne zwischen ihren geschminkten Lippen wiesen vage Lippenstiftspuren auf ... Ich hätte mich in ihren Schoß kringeln mögen, sogar mit meiner zerrissenen Unterhose, mit meinen braunen Armen hätte ich ihren Hals umfassen mögen, und wir wären ewig so sitzen geblieben, Wange an Wange, mit blinzelnden Augen im grünen Halbschatten des Zimmers …

Sie war Malerin, erklärte mir Mutter, als mein Mittagsschlaf vorüber war. Sie hatte ihnen mehrere Bildentwürfe gezeigt, von denen sie drei ausgewählt hatten: für das Speisezimmer ein paar Blumen, eine Stute mit ihrem Fohlen für den kleinen Flur und … die Insel Ada-Kaleh für mein Zimmer! War das nicht wunderbar? Auch wir würden echte Ölbilder haben, nicht die Katzenfotos aus den Zeitschriften und die Gobelins mit zwei sich küssenden Kindern, die alle anderen hatten. Ich, der ich stundenlang die glitzernden Palmen auf meinen Wänden betrachtete, als wären sie stets von neuem ein Wunder, konnte das nicht verstehen. Über dem Bett würde ein echtes Bild auftauchen (aber erst in einer Woche), mit vergoldetem Rahmen und sehr schön hineingemalten Dingen, wie ich es bisher einzig bei Lucian, dem Sohn des Securitate-Offiziers, zu Hause gesehen hatte.

Einige Tage lang füllten die frisch gemalten Bilder die Wohnung mit ihrem Geruch. Mich kümmerten die Blumen und Pferde weniger als das Schwarze unter dem Nagel. Meines war jenes mit der Insel Ada-Kaleh, das mit den Palmen und dem riesigen Radio für mich eine phantastische Welt bildete. Ich schaute es an, bis ich halb blind war, prüfte es mit den Fingern und sogar mit der Zunge. Mir war es gelungen, jeden einzelnen Pinselstrich auf dem goldgerahmten Rechteck auszumachen. Die beiden anderen Bilder hatten eine Glasscheibe, meines aber hatte, ich weiß nicht, warum, nie eine. In der rechten unteren Ecke befand sich eine Signatur, die ich nicht lesen konnte. »Ada-Kaleh, Ada-Kaleh …«

Im Radio gab es ein Lied, daher kannte ich diesen Namen. Es wurde beinahe jeden Tag gespielt. Eine Frau sang es, sanft und sinnlich, es war ein türkisches Lied, denn die Insel Ada-Kaleh, das sagte mir Mutter, war von Türken besiedelt. Die Insel, auf der Mutter selbstverständlich nie war, lag in der Donau, aber sie erzählte so von ihr, als wäre diese Insel ein Teil ihrer Vergangenheit gewesen. Für mich aber war es eine Insel aus verdichteter Musik, mitunter wurde ein Wort mit solcher Intensität gesungen, daß der feine und elastische Faden der Musik durch die Wände und in die Weite unseres Arbeiterviertels hinausdrang, wo er die nassen und durchscheinenden Eisblöcke in der Eisfabrik schmelzen ließ, die Fäden an den Webstühlen der Donca-Simo-Weberei verwirrte, die Pressen und Drehbänke des Bahnwerks rosten und die hellblauen Sodawasserflaschen in der Apparatur mit dem gewaltigen Rad in der Sodawasserfabrik an der Ecke platzen ließ.

Vom vielen Betrachten des Bildes an der Wand – vor allem wenn ich, die Augen auf das Bild gerichtet, auf meinem Bett herumhüpfte – begann ich nachts von einer wundersamen Landschaft zu träumen, es war vielleicht die verblüffendste Landschaft, die meinen Augen oder dem größeren Sehorgan hinter der Lidklappe meines Schädels zu sehen vergönnt war. Die Donau war es, aber nicht der abstrakte Strom, den wir in der Schule durchgenommen hatten, sondern ein Strom vermischter Wasser, mit grünen und blauen Schlieren, mehrere Kilometer breit, bis an den äußersten Rand des Bildes, die mit einer erschreckenden Wut zwischen steinernen Dämmen dahinflossen. Ein horizontaler Katarakt ohne Anfang und Ende, Wirbel aus flüssigem Kristall und massiven erstarrten Tropfen, von glühendem Glas, ein gewaltiger Stromleib, ein Strömen, das sich vom Mond herabstürzt oder aus der festen Quarzkugel des Himmelszelts. Glucksende und brodelnde Wasser, die wie Milliarden transparenter Krokodile ihrer Beute nachjagen, gläserne Hechte, Barben mit Windrogen. Von Felsen in Kindergestalt, die mit ihren Schädeldecken den Himmel umstürzten, gewürgte und pulverisierte Wasser. Es war die Donau bei Cazane, wie ich sie noch nie gesehen hatte, die ich aber genau so wiedererkannte, als ich sie endlich, zwanzig Jahre später, aus dem Zug sah. Bloß daß in jenem emblematischen Traum sich in den wilden Wassern, seltsamer Fötus in einem Fruchtwasserozean, eine grün bewachsene Zunge mit Moschee und Minarett erhob.

Ich wollte soviel wie möglich über meine Insel erfahren und befragte reihum die Bonbon- und Keksverkäuferin im Lebensmittelgeschäft, den Behinderten im Zeitungskiosk, meine Freunde hinter dem Wohnblock und die Arbeiter aus der Brotfabrik »Der Pionier«. Alle kannten sie; Ada-Kaleh befand sich in ihnen wie ein lebendiges Organ, wie eine Art imaginäre Bauchspeicheldrüse, ja sogar wie ein Herz, aber niemand wußte es genau, wie man ja auch nicht weiß, wie die eigene Bauchspeicheldrüse eigentlich aussieht oder ob nicht gar jeder Knochen deines Skeletts eine andere Farbe hat. Eine Insel in der Donau, die von Türken bewohnt war, und ein Lied.

Es war im Jahre 1965. Im Bauernhaus meines Großvaters hatte ich in einer Halva-Schachtel, die hinter einem Dachbalken versteckt war, eine Handvoll großer und schwerer Silbermünzen gefunden. Darauf war ein Kopf mit Bakkenbart und Krone zu sehen. Ringsum stand: König Ferdinand. »Wer war König Ferdinand?« fragte ich Mutter, die auf dem Gang mit einem Stein Nüsse aufklopfte. Mutter sagte mir, daß es früher Könige gegeben hatte. In der Schule wurden sie nicht erwähnt. »Sprich auch du nicht darüber, denn es ist nicht erlaubt.« Auf den mit rohseidenen Handtüchern geschmückten Wänden hingen viele Ikonen in Rahmen aus zerstampftem, blau oder rot eingefärbtem Glas. Was war mit den Heiligen, den Engeln, mit Gott? Wo lebten die? Juri Gagarin war im Himmel gewesen und hatte sie dort nicht angetroffen. Ich hatte einmal in einem Album ein seltsames Gemälde gesehen: Jesus Christus erhob sich aus einem Grab, und ringsum befanden sich römische Soldaten, genau solche, wie sie im Geschichtsbuch abgebildet waren, aber sie sahen verängstigt aus, waren kurz davor, davonzulaufen. »Mutter, hat Jesus zur Römerzeit gelebt?« hatte ich gefragt. Mutter wußte nicht, was sie mir antworten sollte. Auch über Jesus Christus wurde in der Schule nicht gesprochen.

Dann bin ich gewachsen. Ich hüpfte nicht mehr auf dem Bett herum. Das Bild von Ada-Kaleh wurde von Fliegen befleckt und begann brüchig zu werden. Die Beschichtung des Rahmens war ganz zerfressen. Mit der Gummiwalze tapezierte Zimmerwände waren aus der Mode gekommen, also wurde bei uns neu und einfacher gestrichen, bloß noch eine Farblinie, die um die Decke lief. Diese Art des Malerns nannte man »Spiegel«, und tatsächlich, wenn ich lange auf die weiße Zimmerdecke schaute, konnte ich in ihrem Kalk Schlachten und uralte Städte erkennen, Drachen und nackte Frauenbrüste, deren Brustwarzen von einem Ring mit einer Perle durchstochen waren. Auch mich selbst konnte ich sehen, einen schmalen Heranwachsenden mit schwarzen, auf die Zimmerdecke gerichteten Augen. Auch spielte ich immer noch mit dem Radio; es war mir gelungen, die durchlöcherte Kartonplatte an seiner Rückseite zu öffnen, und es machte mir großen Spaß zu sehen, wie die Spule am Ferritkern entlangglitt, wenn ich an dem gelblichen Knopf drehte. Dann vermischten sich Stimmen und Liedfragmente in verschiedenen Sprachen. Und die Anzeigenadel bewegte sich an Städtenamen entlang, von denen ich damals dachte, daß ich niemals dorthin reisen würde: London, Paris, Wien, Prag, Warschau ... Ab und zu fing ich auch die nostalgischen Modulationen des Liedes von damals noch ein, »Ada-Kaleh, Ada-Kaleh«, dies geschah jedoch immer seltener und kam, so schien es, von weit her. Die Sendung »Hier spricht Moskau« war verschwunden, dafür war »Gute Nacht, Kinder« geblieben, und »Die Windrose«, eine Sendung zur Popularisierung der Wissenschaft, war eben neu hinzugekommen. Hier habe ich zum ersten Mal etwas von dem großen Projekt eines Wasserkraftwerks am Eisernen Tor erfahren, das von der Sozialistischen Republik Rumänien und der S. F. R. Jugoslawien genau dort in Cazane gebaut werden sollte, an dem überwältigenden und beängstigenden Ort, an dem die Donau wie ein horizontaler Wasserfall dahinströmte. Ich hörte auch von dem gewaltigen Stausee, der das kolossale Wasserwerk speisen sollte, von den gigantischen Schleusen, vom unterirdischen Turbinensaal, von den Schaufelrädern mit noch nie dagewesenem Umfang. Ich erfuhr, daß die brüderliche Freundschaft zwischen zwei benachbarten sozialistischen Völkern zur Verwirklichung dieses kühnen Projekts geführt hatte, das einen Großteil der in beiden Ländern benötigten Energie liefern würde. Aber ich hatte nicht erfahren, ob die Stadt Orschowa im Wasser verschwinden würde. Genausowenig hatte ich erfahren, daß die Insel Ada-Kaleh, die meine Phantasie schon lange angeregt hatte, bevor ich sie tatsächlich kennenlernte, nunmehr von Welsen und Stören am schlammigen Grund des Stausees bevölkert sein würde. Schließlich werde ich, dank einer damals unvorstellbaren historischen Umwälzung, in beinahe alle Städte (irreale, irreale, wie bei Eliot) reisen, über die auf dem Sendersuchfeld der Radioanzeige die Nadel geglitten war, aber ich würde niemals Ada-Kaleh, die damals noch reale Insel sehen, real, wie die Realität selbst, jeder Grashalm war real, jedes Körnchen Kalk auf dem zylindrischen Minarett war real, jedes Motiv in den Arabesken des märchenhaften Teppichs – real, real und trotzdem durchscheinend wie alle Städte, Wolken, Köpfe und Würmer dieser Welt in Ruinen. Noch bevor ich erwachsen wurde, sollte die Insel unter dem Wasser verschwinden, etwa so wie die Thymusdrüse, die sich zum Ende der Jugend in die Brust zurückzieht. Und sie mußte verschwinden, damit für mich aus einem Kindheitsmythos ein konkreter Ort werden konnte, an dem einmal Menschen gelebt haben.

Die Tragödie der Insel Ada-Kaleh, die 1970 vom Wasser verschlungen wurde wie die Welt von der Sintflut, prägte sich meinem Bewußtsein erst später ein, im folgenden Jahrzehnt, als ich damit begann, aus allen möglichen Quellen Informationen zu sammeln, die geeignet sein konnten, zwar nicht eine konkrete Welt aus den Fluten heraufzuholen, aber doch wenigstens ein Skelett, auf das ich meine Phantasmen und meine Nostalgie stützen konnte. Ich fand ein paar Artikel in alten Zeitungen und etliche Bilder, die in Druckerschwärze ersoffen waren und die ich mit Reißnägeln an den Rahmen des Bildes heftete, das immer noch mein Zimmer »schmückte«. Ich hatte darunter, in dem von den Sprüngen meiner Kindheit durchhängenden Bett, schon mit den ersten Mädchen Liebe gemacht. Diese Mädchen hatten noch nie etwas von der Insel Ada-Kaleh gehört, glaubten auch nicht, daß es sie je außerhalb meiner famulierenden Dichterphantasie gegeben hatte. Von den Sexstunden ausgeweidet, schwebte ich wie ein weicher Ballon durchs Zimmer und erzählte allen die gleiche Geschichte mit dem genierlichen Gefühl, sie eben erst erfunden zu haben. Aber im Unterschied zu uns, den im Labyrinth der Leintücher Verirrten, war diese Geschichte wahr.

Ada-Kaleh war eine Insel von zwei Kilometern Länge und etwas weniger als einem halben Kilometer Breite gewesen. Sie befand sich an der La Cazane genannten Stelle, wo sich das Flußbett der Donau verengte und die Wassermassen durch einen überwältigenden Engpaß mit Felsen, die sich in den Wolken verloren, strömten. Seinen Namen hatte der Ort von den ersten Festungsbauten, die Iancu de Hunedoara hier gegen die Türken errichtet hatte. Als die Türken kamen, nannten diese sie Burg-auf-der-Insel: Ada-Kaleh. Weil die ausgefransten Ränder der Grenze zwischen dem Osmanischen und dem Habsburgerreich sich häufig über die Insel hinweg verschoben, änderte diese ebenso häufig ihren Namen oder ihre Topologie. Im Jahre 1716 wurde sie unter dem Namen Carolina in die Karten eingetragen, und danach, weil Franz Joseph auf der Flucht vor den Türken angeblich seine Krone auf der Insel vergraben hatte (genau am geometrischen Mittelpunkt des von Wasser umgebenen Rhombus, hatte der Alchimist des Kaisers notiert), wurde das Eiland in Corona umbenannt. 1717 errichtete Eugen von Savoyen hier eine der modernsten und wehrhaftesten Festungen der Zeit. Außer dieser Festung fanden sich auf der Insel nur noch harmlose mediterrane Skorpione und Blindschleichen mit gelber Bauchseite, die sich weich und geschmeidig durch das Gras schlängelten. Ein ungarischer Botaniker entdeckte auf der Insel Ada-Kaleh achtzehn Blütenpflanzen, die es nirgendwo sonst auf der Welt gab.

Erst nach fast einem Jahrhundert der Eroberungen und Rückeroberungen kehrte Ruhe auf der Insel ein, so daß ein paar hundert Flüchtlinge, mehrheitlich Piraten aus dem zerfallenden Osmanischen Reich, zwischen den Ruinen der Festung Zuflucht fanden. Es waren Türken, Kirgisen, Araber und Perser, durch Sprachen getrennt, aber im Glauben vereint, die in Jahrzehnten den Weiler errichteten, der dann später in den Wassern untergehen sollte. Sie gaben ihre kriegerischen Neigungen auf und wurden Rahat- und Sugiucverkäufer, brauten Hirsetrank, schmiedeten Kupfer, verarbeiteten Tabak oder wurden schlicht und einfach Fischer. Sie holten sich in Pluderhosen gekleidete Frauen, die in Krügen auf dem Kopf das Wasser herbeitrugen und ihre Kinder erzogen. Als Europas großer Kranker starb, löste sich die türkisch gewordene Insel vom Mutterland ab und trat durch das Plebiszit von 1922 unter rumänische Verwaltung.

Zwischen den beiden Weltkriegen folgte dann die legendäre, die glorreiche, von malerischem Reiz geprägte Epoche der Insel, die von nun an der »Smaragdring am Finger des Königreichs Rumänien« oder »Blütenkorb, der auf der Donau schwimmt« genannt wurde. Die aufeinander folgenden Gouverneure pflogen eine autonome Politik, in deren Folge das ärmliche Dörfchen zu einem kleinen Paradies wurde, als wäre es unmittelbar den Versen des Dichters Ion Barbu entsprungen: »An so einer Türkendonau / Wo auf grünem Tabakfeld / Gut und Bös' zusammenfällt / Weiß die Feste wird erblühn / Warmes Hissarlik«. Die Moschee umgaben blendend weiße Häuschen, und aus deren Mitte erhob sich das Minarett, auf dem der Muezzin seine Gesänge ausrief. Im achtzehnten Jahrhundert als Kirche der Franziskanermönche erbaut, wurde die Moschee infolge der Wunder, die Miskin-Baba auf der Insel vollbracht hatte, dem Propheten geweiht und erhielt das neue Minarett, an dessen Fuße Miskin-Baba dann auch beerdigt wurde. Aber das größte Wunder der Moschee und sogar der gesamten islamischen Welt war (und ist auch heute noch, da er aus Platzmangel eingerollt in einem Raum der Moschee von Constanţa steht) der berühmte Perserteppich, zu jener Zeit der größte der Welt, der den großen Saal der Moschee schmückte. Er war 15 Meter lang, 9 Meter breit und wog fünfhundert Kilogramm. Sultan Abdul Hamid der III. hatte ihn der türkischen Gemeinde der Insel als Zeichen seiner Verehrung für den dort begrabenen moslemischen Heiligen geschenkt. Wer tagsüber auf den legendären Teppich trat und im Gebet die Stirn in seinen unglaublich dicken Flaum versenkte, träumte des Nachts von einem Paradies voll der wollüstigsten und schönsten Jungfrauen und mit Bergen von süßem Brei – wie in den Suren des Koran.

Mutter erzählte mir, als sie ein kleines Mädchen war, seien die Türken mit Wägelchen, denen sie einen Esel vorgespannt hatten, ins Dorf gekommen. Sie verkauften orientalische Spezialitäten: durchscheinenden und wie weiches Glas aussehenden Rahat, Sugiuc, Halva mit Nußkernen, gesüßte Feigen. Und weil die Leute kein Geld hatten, tauschten die Türken ihre Leckereien gegen Eier und Maiskolben. Sie waren sehr kinderlieb und gaben den Ärmsten der Armen – zu denen Mutter gehörte – oftmals die Süßigkeiten auch umsonst. Viele jener Türken, die auf diese Weise durch die Walachei zogen, müssen von Ada-Kaleh gewesen sein.

Aber jenseits dieser geringfügigen traditionellen Betätigungen war der Wohlstand und Ruhm der Insel der Zigarettenfabrik »Musulmana« zu verdanken, die in der Zwischenkriegszeit buchstäblich weltberühmt war. Unzählige junge Türkinnen saßen auf den Arbeitsbänken in der gewaltigen Halle, lachten und scherzten miteinander und rollten auf ihren Handflächen oder auf der Brust die Zigarren, die sie dann behutsam in die Kistchen aus aromatisiertem Holz legten, auf denen »Mareşal«, »Regal«, »Bafra« oder »Ali Kadri« stand … Da die Insel porto franco war, mußte die Fabrik keinerlei Exportsteuern entrichten und prosperierte unvorstellbar, wurde für alle großen Königshäuser Europas zum Lieferanten für gekräuselten und parfümierten Rauch. Ein ehemaliger Fischer namens Ali Kadri hatte die Fabrik gegründet und war sehr bald zum »Sultan« der Gemeinde geworden. Sein Palast, neben der Moschee errichtet, war das beeindruckendste Bauwerk auf Ada-Kaleh. »Die gesamte Insel steckt im Bauch von Ali Kadri«, hatte ein Reporter einmal geschrieben. In den dreißiger Jahren war die Insel eine Art Vergnügungsjacht, die inmitten der Donau festsaß. Ihre Straßen waren voller Cafés und Basare, die keine Sperrstunde kannten, Schmuggel und Kommerz reichten sich unter den duldsamen Augen der Autoritäten die Hände, es ging zu wie in Casablanca. Ausgelöst von einem Haschischkügelchen und einem Löffelchen süßen Gelees, spielten sich unter den dichten Dunst- und Qualmschleiern allerlei Liebesgeschichten ab.

Zum ersten Mal ging die Insel 1948 unter, als die Wellen der Geschichte ihr das orientalische Wohlbehagen austrieben. Die Geschäfte wurden verstaatlicht oder geschlossen. Auch die Zigarettenfabrik ging in Staatseigentum über. Und trotzdem, selbst unter den Kommunisten überlebte der magische Zauber des Eilands, denn er saß in allen Köpfen und Herzen, wenn auch nur wie ein orientalischer Wandteppich oder ein Lied. Das für die Rumänen ganz und gar unvorstellbare Desaster aber folgte, als mit dem Fingerschnalzen eines künftigen Tyrannen einer der gesegnetsten Orte vom Erdboden verschwand, als hätte es ihn nie gegeben. Als Ceauşescu einige Jahre später Kirchen zerstörte, als er das historische Zentrum von Bukarest niederreißen ließ oder als er, ein Tornado in Menschengestalt, die rumänischen Dörfer vernichten wollte, hat die gesamte internationale Gemeinschaft protestiert. Aber der Mord an der Insel Ada-Kaleh geschah zu einer Zeit, da der neue Präsident von allen als Held gefeiert wurde: Er hatte sich dem Einmarsch der Truppen aus den Staaten des Warschauer Vertrags in die Tschechoslowakei widersetzt, wurde mit der englischen Königin in der offenen Kutsche herumgefahren und hatte Nixons Amerika besucht. An der Nase herumgeführt, hatten selbst die erbittertsten Dissidenten sich damals in die Kommunistische Partei Rumäniens eingeschrieben. Wer hätte da protestieren können, wer hätte das verstanden? Einerseits hatten wir einen Nationalhelden und wirtschaftliche Interessen, die von diesem Wasserkraftwerk abhingen. Und andererseits eine Handvoll Türken auf einem Inselflecken zwischen den Wassern … Und die kommunistische Propaganda funktionierte bestens: Gewiß, Orschowa, die alte rumänische Stadt würde verschwinden, dafür aber würde Neu-Orschowa, eine moderne Stadt in einem modernen Land erbaut werden. Ja, die Insel Ada-Kaleh würde vom Wasser verschluckt werden, aber sie werde auf einem anderen Eiland, auf Simian, wiedererstehen, wo man die Moschee und einen Teil der Festung hinbringen werde. Überflüssig zu sagen, daß Simian niemals ein anderes Ada-Kaleh geworden ist. In Wahrheit ist die Festung auf der Insel mit Dynamit gesprengt und der Rest der Inselbebauung mit Bulldozern plattgemacht worden. Von der Moschee hat man ein paar Steine wegtransportiert und sie dann auf der neuen Insel sich selbst überlassen, wo das Unkraut sie überwucherte. Den etwa tausend Türken von Ada-Kaleh hatte man angeboten, zu wählen, ob sie rumänische Staatsbürger bleiben oder in die Türkei auswandern möchten. Außer ein paar Alten, die sich aus nostalgischen Gründen nicht mehr weit vom Ort ihrer Jugend weg bewegen konnten, sind alle anderen für immer ausgewandert. In Istanbul und Ankara tauchten dann Konfektionsfabriken unter dem Namen Ada-Kaleh auf, in denen billige Kleidung ebenso wie Qualitätsware gefertigt wurde. Die Rahatspezialität »Lokum«, die auch den Namen Ada-Kaleh trägt, wird heute noch in den Basaren am Goldenen Horn gehandelt. Die in Neu-Orschowa Gebliebenen versammelten sich noch lange danach in Vollmondnächten am Ufer der Donau, wenn das Wasser zu einer dicken Glasscheibe wurde, unter der man ganz deutlich – wie sie mit einer gewissen Sturheit sagten – die alte Insel auf dem Grund der Donau sehen konnte, nicht bloß mit der Moschee, dem Palast von Ali Kadri und der Fabrik »Musulmana«, sondern mit jeder einzelnen ihrer oder ihrer Nachbarn Süßigkeiten- oder Getränkebuden. Dann starben die alten Leute, die noch Schalwar getragen oder die Wasserpfeife gepafft hatten, einer nach dem anderen und träumten vielleicht von einem Paradies voll schöner Mädchen und Reisberge und prächtiger Vögel, wie es im Koran ausgemalt war. Vom Smaragd, den das Königreich Rumänien einst am Finger getragen hatte, blieben nur ein Lied übrig »Ada-Kaleh, Ada-Kaleh«, das Eli Roman nach dem Text von Grigoriu komponiert hatte, und ein Roman »Nächte auf Ada-Kaleh« von Romulus Dianu, die beide schon lange vergessen sind.

Erst als ich an der Universität war, verstand ich, in was für einer Welt wir lebten. Täglich verschwanden die notwendigsten Dinge vom Markt. Tag für Tag wuchs, aus bestens genährten Gerüchten, der Mythos einer omnipräsenten und allmächtigen Securitate, die alles sah und wußte. Auf meinem täglichen Weg zur Universität kam ich durch stille Gassen mit Kaufmannshäusern, deren stuckgeschmückte Fassaden mit grotesken Figuren überladen waren: Gorgonen und Atlassen, Engel mit erhobenen Flügeln, die einen Balkon stützten ... Davor standen große Kübel mit betörend duftendem Oleander ... Manch eine mit Heiligen und Märtyrern bemalte Kirche hatte die Rolle des Hirten über eine Herde gelblicher Häuser mit abblätternder Haut übernommen. Eines Tages sah ich an ihrer Stelle Schaufelbagger, deren Schaufeln mit Heiligen beladen waren. Ich sah, wie auf Lastwagen zerbrochene Heiligenscheine und Flügel, asketische Gestalten und Jüngste Gerichte zu Müllhalden gefahren wurden. Die heiligste und bunteste Mülldeponie, die es je gegeben hat. Kuppeln mit Kreuzen sah ich, die mit Stahlseilen zu Boden gerissen wurden, sah Szenen aus dem Neuen Testament in Öl auf Wände gemalt und wie diese mit einer großen Eisenkugel zerschlagen wurden. Ich sah Ruinen, immer mehr und noch mehr Ruinen. Ich sah andere Kirchen, die auf Räder gesetzt waren und zig Meter weiter transportiert wurden – mit Popen und allem Drum und Dran, wie transzendentale Straßenbahnen. Dann hat man sie hinter grauen Wohnblocks versteckt, die sehr viel höher waren als ihre bescheidenen Kuppeln. An ihre demütig und mit innerlicher Ergriffenheit von irgendeinem feinnervigen Maler in welchem Jahrhundert auch immer bemalten Wände hatte man nun die Müllcontainer des Arbeiterviertels gelehnt. Ich sah, wie der schönste Hügel im Zentrum der Stadt zur Einöde gemacht wurde – wie in Hiroshima, und daß kein einziger Schmerzensdom stehenblieb, um Zeugnis abzulegen …

Welch seltsames Schicksal war mir zugewiesen! Ich bin zwischen Ruinen erwachsen geworden, habe zwischen Ruinen gelernt, zwischen Ruinen geliebt. Manchmal denke ich, Rumäne sein heiße, Hüter von Ruinen zu sein, Architekt von Ruinen, Liebhaber der Ruinen. Ein uralter Mythos aus der Walachei erzählt vom Meister Manole, der die größte Klosterkirche der Welt bauen wollte. Doch alles, was er tagsüber aufbaute, stürzte nächtens wieder ein. Mitunter denke ich, er habe absichtlich bloß Ruinen gebaut, wie in Heliopolis, in Troja, Tenochtitlán, Pompeji, Rom und überall auf dieser tragischen Erde – wie ein Memento mori der kosmischen Ruine, in der wir leben.

1985 haben die Finsternis, die Kälte und der Hunger das Werk des Conducators vollendet. Ebenso wie die verzweifelten Menschen im kommunistischen Deutschland, die auf die Mauer zwischen den beiden Welten kletterten und sich den Kugeln aussetzten, begannen auch die Rumänen über die Grenzen des kommunistischen Gefängnisses zu fliehen. Ihre Mauer war die Donau. Die kühnsten von ihnen versuchten, schwimmend die Donau ins sehr viel liberalere Jugoslawien zu überqueren, um von dort in den Westen zu gelangen. Sie verbrachten Tage in ihren Weidenverstecken am Ufer und stürzten sich dann in mondlosen Nächten in den großen Strom. Häufig versuchten sie, den breiten Stausee zu durchschwimmen, dessen Wasser ruhiger war. Hunderte von ihnen starben, verfolgt von den Schnellbooten der Grenzer, an Kopfschüssen aus nächster Nähe oder mit Rudern erschlagen und versenkt. Der Befehl für die Grenzer lautete, niemanden lebend ans Ufer zu bringen. Wie viele Leiber sind wohl in Höhe der Insel Ada-Kaleh sanft auf den Grund des Wassers hinabgesunken? Wie viele endeten, von Fischen und Krebsen zernagt, an der Stelle, wo einstmals ein Blütenkorb auf den Wassern des Stromes schwamm? Wie viele werden die Gebeine von Miskin-Baba, des heiligen Muselmanns, berührt haben, die der Schlamm mit seinem sanften Wiegen auf dem Grund freigelegt hatte? Ada-Kaleh, das sich immer noch reliefartig mit den Umrissen eines riesigen Steinbutts unter dem Wasser abzeichnete, bevölkerte sich in jenen Jahren mit Leichen, sehr vielen Leichen, Leichen die sich wiegten, stehenden Leichen. Ein Rücken voller Leichen, von Fischen zerrissen und von Träumen ...

In Gräser eingeschlungen und von den Barten der Welse betastet, wiegten sie sich vielleicht auch im Jahre 1998 noch, als ich bloß ein paar zig Meter von der Insel entfernt war, die mir zu lieben gegeben war, ohne sie je gesehen zu haben. Unglücklicherweise etliche Dutzend Meter in die Tiefe gemessen. Um eine Reportage über die in Höhe von Cazane Ermordeten zu schreiben, war ich in Neu-Orschowa und habe mit vielen Einheimischen gesprochen. Dann stieg ich in ein Fischerboot und habe um Mitternacht versucht zu verstehen, was es heißt, die Donau in dem Wissen schwimmend zu durchqueren, daß dich jederzeit ein Scheinwerferstrahl ausfindig machen kann, worauf dann unweigerlich das Ende folgt. Der alte Türke am Ruder hatte nicht auf der Insel gelebt, aber seine Geschäfte hatten ihn unzählige Male dorthin geführt. Nun ruderte er schweigend im zitternden Licht der Leuchten, die den großen Staudamm säumten. Nach einer Weile hielt er an: »Hier unter uns ist Ada-Kaleh«, sagte er. »Etwa die Mitte, ungefähr da, wo Ali Kadris Palast gestanden hat.« Etwa die Stelle, an der Kaiser Franz Joseph kürzlich seine Krone vergraben hat, sagte ich mir.

Wir blieben die ganze Nacht auf dem pechschwarzen Wasser. Der Türke ruderte gelassen den See hinauf und hinab, als hätte er die Umrisse der Insel tatsächlich sehen können. Er hielt mit dem Boot über dem Minarett, über der Zigarettenfabrik, über einem berühmten Tingeltangel, einem großen Kaffeehaus. Jedesmal schaute ich tief ins Wasser hinunter. Und ich sah nichts als das Gesicht eines Mannes mit schwarzen Augen. Als wäre ich selbst die Insel gewesen, als wäre ich in dem Fischerboot über mir selbst, wie ich mit dem Gesicht nach oben unter dem Wasser lag, dahingeglitten. Da fiel mir ein, daß es tief in unserem Hirn eine Zone gibt, die Insel heißt. Daß wir alle in den Wassern unseres Verstandes eine Insel haben, die wir verzweifelt suchen, als handelte es sich um den geschmolzenen Diamanten unseres eigenen Wesens. Daß wir selbst und unsere Welt tief versenkt sind in den Wassern der Zeit und des universellen Gedächtnisses, wie ein Ada-Kaleh, das nie mehr wirklich sein wird.

Aus dem Rumänischen von Ernest Wichner

László Darvasi
HERR STERN

Für Katharina Raabe

Mittels der Sprache erwecken die Menschen den Anschein, frei zu sein.

Cioran

Es geschah an einem strahlenden Frühlingstag. Der Waldhüter Subic betrachtete gerade eine Schneckenspur am Stamm einer Buche, als er stolperte und in das modrige Laub fiel. Und während er sich darin wälzte, rutschten ihm ein paar derbe Wörter heraus, doch nicht so viele, daß es hätte ungehörig wirken können. Der Waldhüter liebte den Wald, und er dachte oft, daß alles, was unter dem Laubdach der Bäume, auf sonnigen Lichtungen, in von Kieselsteinen übersäten Bachbetten geschah, nicht nur seine Richtigkeit hatte, sondern gar nicht anders sein konnte. Daran versuchte der Waldhüter auch jetzt zu denken, und während er sich hochrappelte, erblickte er im Laub etwas Weißes, Wurzelartiges. Er beugte sich darüber und stieß einen Laut der Verwunderung aus. Die weiße Wurzel erwies sich als menschlicher Arm, seines Rumpfes, seines Besitzers beraubt. Die Finger krallten sich in die weiche Erde wie die Wurzeln eines Baumes. Der Waldhüter Subic räusperte sich gründlich, spuckte aus, dann wollte er den noch warmen Körperteil mit einer einfachen Bewegung aus der Erde ziehen. Es gelang ihm nicht. Der Waldhüter machte einen zweiten Versuch. Doch es schien ein zentnerschwerer Steinblock zu sein, den er da heben wollte. Der Waldhüter Subic spuckte nochmals aus, während er die ungewöhnlich hartnäckige Extremität argwöhnisch musterte. Dicht darübergebeugt, sah er die abgerissenen Adern, die sackgarndicken Nervenstränge, das runde Ende des Oberarmknochens und die kleinen braunen Waldameisen, die auf der Haut herumliefen. Es wollte dem Waldhüter Subic ganz so scheinen, daß den Arm nicht ein Schnitt vom Rumpf getrennt hatte, sondern etwas anderes, irgendeine mörderische Kraft. Trotzdem wunderte er sich nicht, denn einfach denkende Menschen werden selten von Dingen in Erstaunen versetzt, die ihnen nicht persönlich widerfahren sind. So nahm er seinen Rucksack ab, kramte das Scharreisen hervor, und wie man Blumen samt ihren Wurzeln oder Baumkeimlinge aus der Erde zu schälen pflegt, grub er damit schön tief unter den Fingern in die Erde und löste den Arm mit einfachen Bewegungen heraus. Er stopfte ihn in seinen Rucksack und machte sich auf den Weg in die Stadt.

Die Stadtverwaltung traf bezüglich des Arms zwei wesentliche Feststellungen. Ohne Zweifel gehörte er dem unglücklichen Herrn Stern, der vor einigen Wochen, noch im Februar, aus dem hiesigen Irrenhaus entflohen war. Davon zeugte unwiderlegbar der Siegelring mit dem Kleeblatt, der an seinem Finger glänzte. Des weiteren stellte die Behörde fest, daß sich der Arm durch die Einwirkung einer fürchterlichen Kraft vom Körper getrennt hatte, ganz einfach vom Rumpf abgerissen worden war. Allem Anschein nach hatte sich ein Verbrechen ereignet, und das Opfer war der allseits bekannte Herr Stern, dessen unglückliches, fast schon in wohltätiges Vergessen geratenes Leben nun neu überdacht werden mußte.

Zu der Zeit, als Herr Stern lebte, waren Heiligenlegenden nicht besonders gefragt. Genausowenig wie die Taten der Heiligen. Die Menschen liebten und achteten ihr Leben. Sie hingen an ihrem Alltag, an den kleinen Dingen und billigen Genüssen, die das Leben bot, und wenn das Ende kam, dann starben sie eben mit traurigem und unruhigem Herzen. Zu der Zeit, als Herr Stern lebte, kam das Jenseits höchstens in den Spielen der Phantasie vor, seine Ungeheuer waren zahm geworden und lagen in den Winkeln der Seele wie Wachhunde neben dem Kamin. Tod und jenseitige Hoffnungen hatten ihre Anziehungskraft verloren, weil das Alltagsleben zunehmend bequemer und erträglicher wurde. Folglich hatte auch die geistliche Berufung keine Anziehungskraft mehr. Die Menschen hatten zwar Respekt vor den Heiligen, errichteten ihnen manchmal Denkmäler, benannten Straßen und Hügel nach ihnen, hielten jedoch in der Tiefe ihrer Herzen gerade sie für Ungeheuer. Nur sprachen sie eben kaum darüber.

Herr Stern lebte allein, er war ein rotwangiger, zur Körperfülle neigender Mann mittleren Alters bar jeder abstoßenden Eigenschaft. Er hatte keine Feinde, dafür waren seine Freunde um so zahlreicher. Herr Stern verstand es, Gegensätze zu versöhnen, manchmal zeigte er sich praktisch begabt wie ein Bankier, ein andermal feinsinnig wie ein Poet. Er war ein gebildeter, taktvoller und seriöser Mensch, der gerne Anekdoten aus alten Zeiten erzählte, zugleich brachte er der Zukunft großes Interesse entgegen. Herr Stern liebte eine Zigarre am Nachmittag und dunkles Bier, Pflaumenschnaps mochte er auch, wiewohl niemand je erlebt hatte, daß ihm der Alkohol nicht bekommen wäre. Sonntags verzehrte er im Gasthaus des Städtchens Kutteln oder schwere Keulen mit großen Weißbrotscheiben. Dabei fand sich immer jemand, der ihm Gesellschaft leistete. Herr Stern sprach, antwortete dann mit aufmerksamen Fragen, sprach erneut, und gewöhnlich bemerkte sein Sitznachbar erst, wenn Herr Stern sich bereits mit einer Zigarre zu schaffen machte und dem Kellner winkte, den blankgeputzten Teller abzuräumen, daß dieser sein reichhaltiges Mahl beendet hatte. Herr Stern wußte viel, doch wirkte sein Wissen nicht überheblich, noch brachte es die Menschen in Verlegenheit. In regionalen Angelegenheiten fragten ihn wissenschaftliche Gesellschaften, Mitglieder von Akademien oder ausländische Professoren häufig nach seiner Meinung. Alles in allem war Herr Stern eine lokale Autorität, eine geistige Notabilität. Genau ein Jahr vor dem Beginn seines Leidensweges entschloß er sich, all das Wissen, daß sich in seinem Kopf und in seiner Schreibtischlade angesammelt hatte, in eine eindrucksvolle Vortragsreihe zu fassen, sozusagen auf den Blättern der Zeit zu verewigen, auf denen dann alle seine Worte strahlen sollten wie die Sterne am Firmament. Er werde jeden Monat einen Vortrag halten, verkündete Herr Stern, und zwar über solch interessante Themenbereiche wie Liebe, Schuld, Gnade, Mitgefühl oder Zweck, Richtung und Sinn des Lebens. Wie erwartet, wurden diese Vorträge in der Stadt außerordentlich populär. Der Konzertsaal des örtlichen Symphonieorchesters war stets brechend voll, unter den Zuhörern gab es viele fremde Gesichter, Reporter, Kritiker und Schriftsteller, namhafte Wissenschaftler aus der Hauptstadt gaben sich die Ehre, und es grenzte an ein Wunder, daß fast alle mit den Vorträgen zufrieden waren und daß in den Nächten, wenn sich die Prominenz im Kasino der Stadt versammelte, um Herrn Sterns Gedanken zu erörtern und weiterzuführen, von den für Geistesmenschen so typischen Eifersüchteleien und Kritteleien keine Spur zu bemerken war. Nach dem Vortrag über die Liebe beispielsweise drückte jeder einzelne Zuhörer dem sichtlich bewegten, verlegen errötenden Herrn Stern die Hand. Man könnte auch sagen, der Erfolg reichte bis zum Himmel. So kam nach elf großartigen Vorlesungen der letzte Monat, der Dezember, und Herr Stern wählte als Titel seines Vortrags ein einziges Wort: Gott. Auch jetzt war der Saal gerammelt voll. Immer mehr zusätzliche Stühle und Bänke mußten aus den Büros des Rathauses und aus der nahen Kaserne herbeigeschafft werden, denn die Honoratioren betrachteten ihr Erscheinen als Pflicht, so wie es sich auch gehört, zum Begräbnis und zur Hochzeit eines berühmten Mannes zu erscheinen. Doch dieser letzte Vortrag fiel höchst seltsam aus. An diesem Abend, nur wenige Tage vor dem weihnachtlichen Kerzenschein, kam Herrn Stern der Name Gottes kein einziges Mal über die Lippen, obwohl Gott doch das Thema war. Er sprach immer nur von »ihm« oder »jenem«, oder er sagte »ebender«, dabei unternahm er sichtlich übermenschliche Anstrengungen, seine sonst so angenehme und ruhige Rede stockte, sein verlegener Blick irrte im Saal umher, schwere Schweißtropfen liefen ihm übers Gesicht. Das Auditorium lauschte höflich, kein Mucks war zu hören, dennoch war offensichtlich, daß etwas mit Herrn Stern geschehen war, er war erkrankt, oder ungewohnte Übelkeit hatte ihn befallen. Was für ein Pech, ausgerechnet an diesem Tag, an dem er gleichsam das Tüpfelchen auf das i hätte setzen, die Früchte seiner Anstrengungen hätte ernten sollen. Ungeachtet dieses unangenehmen Eindrucks hätte Herr Stern nach dem Vortrag reichlich Gratulationen und Glückwünsche einheimsen können. Er aber eilte vom Katheder, seine Brille putzend, und verließ den Saal, ohne Abschied, mit gesenktem Kopf, ohne nach links oder rechts zu blicken. Lange herrschte Stille. Dann begannen sich die Leute verlegen von den Stühlen zu erheben und gingen mit unruhigen Gedanken nach Hause. An diesem Abend blieb der Umsatz des Kasinos ungewöhnlich gering.

Der arme Herr Stern sei erkrankt, wurde schon am nächsten Tag in der Stadt verbreitet, und er, als wollte er dem Gerede recht geben, schloß sich nach dem Vorfall zu Hause ein. Tagelang ließ er niemanden zu sich und gab damit den absurdesten Klatschereien Nahrung. Wenn ihn jemand aufsuchte, antwortete er nur mit matter Stimme durch die Tür, man möge ihn zufriedenlassen und nicht belästigen, er wolle jetzt allein sein. Die Einheimischen überlegten bereits, ob sie sich gewaltsam Zutritt verschaffen sollten, denn es ginge doch nicht an, daß die Gesundheit eines so eminenten Geistes, einer solch edlen Seele wegen irgendeiner aberwitzigen Dummheit in Gefahr gerate, da kam Herr Stern dieser zweifellos wohlmeinenden, nichtsdestoweniger drastischen Maßnahme gerade noch zuvor, indem er nach dem Rechtsanwalt Czernisewsky schickte, der sein Jugendfreund war und ihm am nachsten stand. Herr Czernisewsky begab sich unverzüglich zu Herrn Stern. Offen gesagt hatte er schon ungeduldig auf die Einladung gewartet. In Herrn Sterns Wohnung wurde er von eklatanter Unordnung empfangen. Überall lagen ramponierte Bücher, Notizzettel und herausgerissene Buchseiten herum. Hier eine verschlissene Bibel, dort ein zerfledderter, ledergebundener Homer, daneben ein verknautschter Dante, und natürlich die verschiedensten wissenschaftlichen Werke, die Ideen von Montaigne und Luther, die Anatomie von Leonardo da Vinci, die Theorie des Lichts von Huygens, die Berechnungen Newtons und sonstige Bücher, alles in einem fürchterlichen Wirrwarr. Auch Rechtsanwalt Czernisewsky war ein belesener, ernsthaft denkender Mann, deshalb erfaßte er auf der Stelle, daß die Bücher und Aufzeichnungen, gleich ihrem Besitzer natürlich, in den vergangenen Tagen Außerordentliches durchgemacht hatten. Etwas sehr Ernstes, Bemerkenswertes war geschehen. Herr Stern war unrasiert, seine Hände zitterten, als würde kalter Wind in seinem Körper wehen. Aber woran litt er, sann Rechtsanwalt Czernisewsky, während sein Blick auf dem Freund ruhte. Was war es, das ihm derart zusetzte? Was für eine paradoxe, heimtückische Krankheit hatte ihn befallen? Rechtsanwalt Czernisewsky hatte Herrn Stern noch nie in einem so kläglichen Zustand erlebt. Leise hüstelnd fragte er, was er für ihn tun könne, und setzte noch hinzu, daß er ihm gerne aushelfen würde, falls Herr Stern in finanzielle Schwierigkeiten geraten sei. Doch Herr Stern winkte nur zerstreut ab und bat Herrn Czernisewsky mit schwacher Stimme, Platz zu nehmen, er wolle ihm eine absurde Geschichte erzählen. Neugierig ließ sich Rechtsanwalt Czernisewsky in Herrn Sterns Lieblingssessel nieder und blickte seinen Freund erwartungsvoll an. Er zündete sich eine Zigarette an, natürlich hielt er sein silbernes Zigarettenetui auch Herrn Stern hin, dieser schüttelte jedoch nur ungeduldig den Kopf und begann mit seinem wahrhaft seltsamen Bericht. Seine sogenannten Probleme, erklärte Herr Stern, hätten tatsächlich am Abend des letzten Vortrags, als er ..., und hier verstumme er wieder, während ein schmerzliches Lächeln auf seinem Gesicht erschien, ... nun, als er »über ihn« habe vortragen wollen, doch seit jenem Abend sehe er sich außerstande, seinen Namen auszusprechen oder niederzuschreiben, das Wort habe ihn ganz einfach verlassen. Einen Vortrag, eine Rede »über ihn« zu halten, ohne seinen Namen auch nur einmal auszusprechen, das finde er ganz und gar nicht geistreich. Man müsse die Dinge beim Namen nennen, falls sie einen hätten, wie das natürlich sei. Auch während seines Vortrags habe er unzählige Male versucht, diese paar auf »ihn« verweisenden kleinen Laute auszusprechen, zusammenzufügen, doch vergebens.

Der Name Gottes, sagte Rechtsanwalt Czernisewsky.

Herr Stern nickte mit starrem Gesicht.

Nun fragte Herr Czernisewsky, ob es sich nicht um eine unerwartete Auswirkung einer seelischen Krise handle, die große und hervorragende Köpfe ebenso heimsuchen könne wie philosophische Epigonen, unbegabte Imitatoren oder geistige Harlekine. Auch hierzu schwieg Herr Stern und preßte auf einmal die Lippen zusammen, als wolle er nie wieder sprechen. Rechtsanwalt Czernisewsky konstatierte überrascht, daß das Gesicht seines Freundes eine seltsame Verwandlung durchmachte. Aus Herrn Sterns Blick verschwand die Offenheit, er wurde flach und argwöhnisch, ja fast schon heimtückisch. In die Mundwinkel gruben sich tiefe Falten und zogen die Polster der Lippen nach unten, und hätte Herr Czernisewsky dieses Gesicht jetzt zum ersten Mal gesehen, wäre er gewiß der Meinung gewesen, sein

Besitzer sei kleinlich, mißtrauisch und gehässig. Rechtsanwalt Czernisewsky bezwang sich.

Herr Stern sei doch nicht etwa verliebt, fragte er mit einem verschwörerischen Männerlächeln.

Endlich lachte Herr Stern einmal. Doch dieses Lachen erstickte in einem quälenden, trockenen Husten. Nein, durchaus nicht, protestierte er mit tränenden Augen, dann fügte er düster hinzu, die Sache sei viel ernster. Also worum gehe es, fragte Rechtsanwalt Czernisewsky, während er sich eine weitere Zigarette anzündete. Abermals schüttelte Herr Stern mit einem schmerzlichen Lächeln den Kopf und fragte, wie sich Herr Czernisewsky den Umstand erkläre, daß er seit dem ominösen Vortrag auch den Namen dieses grünen Gemüses nicht aussprechen könne. Ob er Brokkoli meine, fragte Rechtsanwalt Czernisewsky überrascht. Doch Herr Stern schrie mit wutverzerrtem Gesicht, nein, nicht Brokkoli, Sie sehen doch, lieber Freund, das kann ich aussprechen, Brokkoli, Brokkoli, Brokkoli, brüllte er, nach Atem ringend, dann verstummte er plötzlich.

Salat, sagte Herr Czernisewsky vorsichtig.

Salat, wiederholte Herr Stern finster.

Kohl, hauchte Herr Czernisewsky.

Kohl, stieß Herr Stern hervor.

Dann meine Herr Stern wohl die Gurke, beeilte sich Herr Czernisewsky mit der Antwort. Endlich nickte Herr Stern erleichtert, ja, dieses grüne Gemüse habe er gemeint, dieses Wort könne er nicht aussprechen. Ebensowenig wie den Namen jenes Tieres, das gerne bellt, Knochen mag und das man an der Leine führt.

Das kann nur ein Hund sein, nickte Rechtsanwalt Czernisewsky.

Herr Stern nickte.

Und jener, der bei Homer nach zwanzig Jahren heimkehrt, sagte Herr Stern.

Achilles, antwortete Rechtsanwalt Czernisewsky.

Herrn Sterns Augen rundeten sich vor Bestürzung.

Odysseus, wollte ich sagen, errötete Rechtsanwalt Czernisewsky.

Ja, natürlich, schüttelte Herr Stern aufatmend den Kopf.

Einige Minuten ging er im Chaos des Zimmers wortlos auf und ab. Schließlich erklärte er, bis jetzt seien ihm circa hundert bis hundertfünfzig Wörter verlorengegangen. Er habe den Verlust sorgfältig gezählt. Diese Wörter könne er einfach nicht aussprechen, genausowenig wie den Namen von »ihm« oder von dem grünen Gemüse. Er sehe keine Zusammenhänge, keine Kausalitäten, er verstehe nicht, was das für eine Krankheit, ob es überhaupt eine Krankheit sei, er fühle sich nicht schlecht, nicht schwach und nicht müde, bloß spüre er, daß ihn jede Minute ein Wort verlasse, und das sei ein entsetzliches, wenn auch im Grunde unbeschreibliches Gefühl.

Ich glaube, ich leide, sagte Herr Stern leise.

Nach einer Weile zuckte er mit den Schultern. Rechtsanwalt Czernisewsky zündete sich gereizt eine weitere Zigarette an. Für Augenblicke sah er wieder seinen alten Freund vor sich. Den ruhigen und ausgeglichenen Herrn Stern, der immer die besten Lösungen fand, der nie aus dem Gleichgewicht zu bringen war. Herr Czernisewsky hatte noch nie mit der Angst Bekanntschaft gemacht, mit dem bedrückenden Gefühl einer unbestimmten Bangigkeit, doch in der Nacht, nachdem er von Herrn Stern zurückgekehrt war, schlief er erst nach langem Herumgewälze und Geseufze ein, und irgendwann in den frühen Morgenstunden wachte er auf, weil er in kalten Schweiß gebadet war und immerzu schrie: Gurke, Gurke, Gurke!

An einem der folgenden Tage zeigte sich Herr Stern unerwartet auf den Straßen der Stadt. Mit entschlossener Ruhe trat er zu diesem und jenem Passanten, zu Bekannten und Unbekannten, Gemüseverkäufern, Stadträten oder Landwirten, er fragte den Betreffenden etwas und wartete geduldig auf die Antwort. Doch diese Antworten stellten ihn nicht zufrieden. Nie wandte er sich ein zweitesmal an dieselbe Person. Seltsam waren diese Fragen.

Wie nennt man das, fragte er und deutete auf sein Ohr.

Wie nennt man das dort am Himmel, und wies auf eine Wolke.

Wie nennt man das, wo die Pferde wohnen?

Und obwohl Herr Stern meist die richtige Antwort erhielt, kratzte er sich im Nacken und eilte auch schon weiter. Die Tage vergingen. Herr Stern ging durch die Stadt und stellte Fragen. Er vernachlässigte sein Äußeres, kümmerte sich nicht um seine früher so sorgfältig gewählte Kleidung, sein Gesicht wurde schmal und fiel ein. Er kümmerte sich nicht mehr um seine Freunde. Nur mit Rechtsanwalt Czernisewsky machte er eine Ausnahme, mit ihm traf er sich mehrmals wöchentlich, dann versuchten sie gemeinsam, dem Geheimnis dieser absurden Krankheit auf die Spur zu kommen. Lange Nächte verbrachten sie so, der Rechtsanwalt vernachlässigte sogar seine Kanzlei, doch sie kamen zu keinerlei konkreten Ergebnissen. Er stehe bei ungefähr tausend verlorenen Wörtern, brummte Herr Stern an einem grauen Morgen, wenn es so weitergehe, das habe er nämlich ausgerechnet, werde er mit Jahresende seinen gesamten Wortschatz eingebüßt haben. Er habe etwa fünfundzwanzig- bis dreißigtausend Wörter benutzt, erklärte er seinem Freund, und interessanterweise verschwänden aus den Fremdsprachen, die er bislang gelesen und gesprochen habe, aus dem Lateinischen, Altgriechischen oder den lebenden Sprachen die Wörter ebenso wie aus seiner Muttersprache. Ein andermal teilte er ihm mit, leider sei die Zeit gekommen, wo er selbst den Namen seines Freundes nicht mehr aussprechen könne.

Meinen Namen? fragte Rechtsanwalt Czernisewsky bleich.

Herr Stern kratzte sich im Nacken.

Ja, den Ihren.

Ich heiße Czer-ni-sew-sky, betonte Rechtsanwalt Czernisewsky jede Silbe einzeln.

Herr Stern schwieg.

Czer-ni-sew-sky, wiederholte Herr Czernisewsky.

Gestatten Sie mir doch, daß ich Sie von nun an Emmanuel Negris nenne, sagte Herr Stern entschlossen und trat, um seiner Bitte Nachdruck zu verleihen, näher an seinen Freund heran.

Ich soll Emmanuel Negris sein, sagte Herr Czernisewsky und starrte ihn entgeistert an.

Nur für mich, flüsterte Herr Stern errötend.

Rechtsanwalt Czernisewsky schwieg, bleich im Gesicht.

Da seufzte Herr Stern tief und warf einen beharrlichen Blick auf das versteinerte Gesicht Rechtsanwalt Czernisewskys.

Meine Worte werden mir gestohlen.

Jemand stiehlt mir die Sprache, setzte er noch hinzu.

Sofort kam der Seelenzustand von Rechtsanwalt Czernisewsky wieder ins Lot, denn gleich erkundigte er sich, ob Herr Stern jemand Bestimmten in Verdacht habe, denn wenn ja, müsse man unverzüglich handeln.

Herr Stern rieb sich den Nacken, nein, in ... in ..., und nun zeigte sich, daß er auch das Wort »Verdacht« nicht mehr aussprechen konnte, in ... in ..., ächzte Herr Stern, nein, habe er nicht.

An diesem Tag kehrte Herr Czernisewsky mit dem bitteren Gedanken heim, daß, wie es schien, leider auch die Freundschaft nicht mehr heilig sei.

Czernisewsky, sagte er auf dem Heimweg mehrmals zu sich selbst.

Einige Tage später erschien Herr Stern in dem düsteren Gendarmeriegebäude und erstattete Anzeige. Er habe das Gefühl, erklärte er Hauptmann Brünn mit stockenden Worten, daß der alte Schausteller, der vor einigen Wochen in die Stadt gekommen sei und mit Kieselsteinen, Karten, Tüchern und Hasen alle möglichen dummen Zaubereien ins Werk setze und seine Kunststücke zugleich lautstark erkläre, also, dieser Schausteller würde ihm die Wörter stehlen. Wie er diese Behauptung begründe, fragte nachdenklich Gendarmeriehauptmann Brünn, der ein mädchenhaftes Gesicht, aber bekanntermaßen eine Seele aus Eisen hatte, worauf Herr Stern ungeduldig zur Antwort gab, man brauche nur dem Tonfall des Schaustellers zuzuhören, die Melodie seiner Worte und Sätze, diese sei genau so, als würde er, Herr Stern, sprechen, überdies, und diese Tatsache halte er für den wichtigsten Beweis, gebrauche der Schausteller mit Vorliebe jene Wörter, die er selbst nicht mehr aussprechen könne. Gendarmeriehauptmann Brünn fingerte an seinen langen Wimpern herum und dachte angestrengt nach. Hauptmann Brünn war einer der Bewunderer von Herrn Stern, vielleicht der größte in der Stadt. Ihm hatte sogar der Vortrag über Gott gefallen, gerade deswegen, weil Herr Stern, auch wenn er ihm, Brünn, gegenüber nichts davon erwähnte, den Namen Gottes kein einziges Mal in den Mund genommen und doch so geistreich über ihn gesprochen hatte. Denn von dem zu sprechen, wovon man sprechen kann, ist ja leicht. Hingegen ist das, wovon wir nicht sprechen können und wovon wir dennoch sprechen, dieses Etwas ist das Wunder, der Sinn, das Nonplusultra, die Essenz des menschlichen Daseins, usw., usw. Solche Gedanken beschäftigten Hauptmann Brünn seit dem letzten Vortrag.

Der alte Schausteller hieß Ress. Er war in die Stadt gekommen, als Herr Stern jenen letzten, ominösen Vortrag gehalten hatte. Aufgrund der Anzeige von Herrn Stern wurde der Schausteller Ress festgenommen und einem gründlichen Verhör unterzogen. Er tat so, als verstünde er nicht, was mit ihm geschah. Munter lächelnd beantwortete er alle Fragen bereitwillig, sogar die offensichtlich verfänglichen. Aber weil er nun mal ein waschechter Schausteller war, klaute er während des Verhörs mehrmals das vergoldete Zigarettenetui von Hauptmann Brünn, sein gesticktes Taschentuch, sein Kölnischwasser und einmal sogar den schweren Schlüsselbund für die Arrestzelle. Somit hätte er in der Nacht durchaus entfliehen können, doch der arme Schausteller Ress schlief, er floh nicht, weder jetzt noch später. Hätte er es doch nur getan. Ruhig und selbstsicher erwartete er das Ende der Untersuchung, als wüßte er genau, daß die Sache nur gut für ihn ausgehen könne. Es war bereits Sommer, als man den Fall abschloß. Der Galgen wurde auf dem Hauptplatz errichtet. Aufgescheucht von dem Gehämmer, wagten sich die Tauben an diesem Tag nicht mehr auf die Steine des Platzes hinunter, sie kreisten über der Stadt und beschmutzten Passanten. Die Hinrichtung war öffentlich. Das hatte Rechtsanwalt Czernisewsky, der erkannt hatte, daß der Zustand seines Freundes allmählich kritisch wurde, erreichen können. Rechtsanwalt Czernisewsky ging kein Risiko ein. Als erstes erwirkte er mittels seiner Beziehungen, daß man über den Schausteller Ress das Todesurteil verhängte, dann setzte er auch noch durch, daß es in aller Öffentlichkeit vollstreckt wurde. Wenn es tatsächlich der Schausteller Ress war, der Herrn Sterns Wörter stahl, wofür Rechtsanwalt Czernisewsky keineswegs seine Hand ins Feuer gelegt hätte, könnte jener Vorgang, der Herrn Stern so quälte, mit dieser Exekution angehalten oder vielleicht sogar rückgängig gemacht werden. Sollte hingegen nicht der Schausteller der Schuldige sein, war ohnehin alles egal. Der Schausteller Ress wurde um zwölf Uhr mittags gehängt. Der Geruch von frischem Holz hing über dem Platz, auf dem sich die ganze Stadt neugierig drängte. Schon so lange hatte es keine Hinrichtung mehr gegeben, und an eine öffentliche konnten sich selbst die Ältesten nicht mehr erinnern. Auch Herr Stern war da, er stand in der ersten Reihe und blickte starr auf den baumelnden Strick. Der Schausteller Ress bestieg das Podest des Galgens, als wäre auch das Teil einer Vorführung. Er lächelte, sah die Leute offen und freundlich an, obwohl alle auf seinen Tod warteten. Der Schausteller Ress starb, wie er gelebt hatte. Im Augenblick seines Todes flog eine weiße Taube unter seinem Hemd hervor, beschmutzte den Umhang des Henkers und stieg zum Himmel auf, wo sie den neugierigen Blicken entschwand.

Herr Stern weinte wie ein Kind. Die Menschen verharrten reglos, es war still, nur die gestreckte Gestalt des Schaustellers Ress baumelte am Strick. Vielleicht war das der Moment, in dem die Meinung über Herrn Stern endgültig umschlug. Er fiel in Ungnade und wurde gemieden. Herr Stern wurde aus den Herzen und aus der Wärme allgemeiner Beliebtheit verstoßen. Rechtsanwalt Czernisewsky nahm seinen Freund beim Arm und führte ihn aus der unheilvoll schweigenden Menge. Aber sie hörten noch, wie eine Marktfrau mit erhobener Stimme fragte, ob man den unschuldigen Schausteller nicht auferstehen lassen könne.

Nach der Hinrichtung vervielfältigten sich die Leiden des Herrn Stern. Wenn er sich allein auf die Straße wagte, bespuckten und verhöhnten ihn Landstreicher und Gassenjungen, bewarfen ihn mit faulem Gemüse und toten Ratten. Manchmal schlugen sie ihn sogar. Allmählich sah Herr Stern aus, als käme er aus der Gosse. Sein ungepflegter Bart hing in Zotteln herab, er stank, die Nächte verbrachte er in Toreinfahrten, unter Arkaden und Brücken. Grausame Menschen banden ihn für Tage an einen Baum am Stadtrand und hetzten Hunde auf ihn. Rechtsanwalt Czernisewsky fand ihn im letzten Moment. Fast wäre er an den Quälereien gestorben. Wochenlang hütete er im Hause von Rechtsanwalt Czernisewsky das Bett. Denn Rechtsanwalt Czernisewsky gab nicht auf. Er war der Meinung, für einen echten Freund müsse man bis zum Äußersten gehen, selbst dann, wenn dieser ihn einmal Emmanuel Negris hatte nennen wollen. So stellte er für Herrn Stern eine Krankenschwester ein, die ihn aufpäppelte und Körper und Geist des Kranken einigermaßen wiederherstellte.

Diesem sorgsamen Bemühen war es zu danken, daß die

Wärme der Hoffnung wieder in Herrn Sterns Seele Einzug hielt, und eines Tages wandte er sich mit der Bitte an seinen Freund, daß er gerne zur Schule gehen würde. Herr Czernisewsky leitete auch das in die Wege, was nicht leicht war, da Herr Kolovits, der Direktor der örtlichen Schule, das Verhalten des Herrn Stern seit der Hinrichtung des Schaustellers Ress mit entschiedener Abneigung verfolgte. Dank der hartnäckigen Fürsprache von Herrn Czernisewsky nahm er ihn trotzdem in die erste Klasse auf, die er selbst unterrichtete. Herr Direktor Kolovits liebte nichts so sehr, wie vor unschuldigen und neugierigen Kinderblicken das Einmaleins zu erklären. Die Pädagogik betrachtete er als die eigentlich höchste künstlerische Tätigkeit, die schönsten künstlerischen und wissenschaftlichen Bemühungen seien nämlich ohne seine effiziente Hilfe zu nichts nütze, denn wer verstünde schon, sagen wir, die Schönheit der Mona Lisa oder einer Frühlingswiese oder gar die Wahrheit Newtons, wenn nicht er, Direktor Kolovits, zwischen den höchsten und den einfacheren Regionen des Verstandes vermitteln und damit von Jahr zu Jahr den Beweis erbringen würde, daß die Welt nicht nur schön sei, sondern ihre Schönheit auch in Besitz genommen werden könne. Herr Stern ging also von Herbst an zur Schule. Und er unternahm in der bekanntlich grausamen Welt der Kinder riesige Anstrengungen. Er saß auf der engen, unbequemen Eselsbank, sein Pausenbrot teilte er regelmäßig mit den stärksten Kindern, manchen trug er den Ranzen, überbrachte sogar Liebesbotschaften, doch all diese Bemühungen erwiesen sich als unzureichend. Herrn Sterns Hausaufgaben waren unvollständig und verworren. Direktor Kolovits stellte Herrn Stern mehrmals vor seinen Kameraden bloß, die sich daran ergötzten. Dann wurde Herr Stern rot bis über die Ohren, aber er nahm es hin. Er duldete mit gesenktem Kopf, daß sein Heft in die Ecke geschleudert wurde. Er duldete, daß man sein Stottern höhnisch nachäffte. Er duldete, daß er aus dem Klassenzimmer gewiesen wurde, er duldete, daß man ihn wieder hereinholte und erneut hinauswies. Er duldete, weil er fest entschlossen war, wieder richtig sprechen zu lernen, seine Sünden wiedergutzumachen, wieder ein ordentlicher Mensch zu werden, wie jeder andere auf dieser Welt. Er duldete, um den Namen Gottes und die Wörter Gurke, Hund und Odysseus wieder aussprechen zu können. Und vielleicht würde er einmal auch den Namen von Rechtsanwalt Czernisewsky, den er bei sich Emmanuel Negris nennen mußte, wieder sagen können. Aber es gab auch Momente, in denen sein altes Ich hervorbrach. Dann glänzte er mit der Demonstration der kompliziertesten Newtonschen Berechnungen. Statt der Regeln des Dividierens erklärte er stotternd den strukturellen Aufbau der Pyramiden. Als er einen Aufsatz über seine im übrigen längst verstorbene Mutter hätte vortragen sollen, begann er mit verklärtem Gesicht über die industrielle Revolution in England zu referieren. Und einmal erklärte er anstelle der wichtigsten Gartenpflanzen Platons Theorie von den Kugelwesen. In solchen Fällen geriet Direktor Kolovits in Wut und züchtigte ihn mit seinem Stock, während Herr Stern mit Tränen in den Augen seine Hände hinhielt und sichtlich bemüht war, das Einmaleins aufzusagen. Ein vergebliches Bemühen. Herr Stern mußte aus der Schule entfernt werden. An einem warmen Tag Ende Oktober, als sein Schönschreibheft wieder in die Ecke geflogen war, preßte sich Herr Stern langsam aus seiner Bank und baute sich vor Direktor Kolovits auf.

Er bist ein Stück Scheiße, sagte er zu ihm und sah ihm scharf in die Augen.

In diesem Moment konnte Herr Stern auch das Wörtchen »du« nicht mehr aussprechen. Direktor Kolovits erhob seinen Stock, ließ ihn aber wieder sinken. Als sei ihm erst jetzt zu Bewußtsein gekommen, daß Herr Stern gut einen Kopf größer war als er.

Er bist wirklich ein Stück Scheiße, sagte Herr Stern noch einmal und harrte mit offenem, kindlichem Blick der Konsequenzen. Doch Direktor Kolovits wagte sich nicht zu rühren. Mit diesem Vorfall fand die Schullaufbahn von Herrn Stern ihr Ende. Nachdem er von der Schule geflogen war, begann Herr Stern, auf den Straßen der Stadt spazierenzugehen und sich umzusehen. Anfangs machte er einen völlig harmlosen Eindruck. Sein Gesicht hatte etwas beinahe Gütiges, er wirkte sanft wie ein lieber alter Opa. Wenn er aber ein junges Mädchen oder einen kleinen Jungen erblickte, trat er sogleich zu ihnen hin und flüsterte ihnen irgendeine Abscheulichkeit ins Ohr. Die Kinder wurden rot bis unter die Haarwurzeln und brachen in bitterliches Schluchzen aus. Zum Repertoire des Herrn Stern gehörten Wörter für verschiedene tierische Geschlechtsorgane, erschreckende, grausame Todesarten und haarsträubende Jenseitsvorstellungen. Herr Stern hatte sich zweifellos schuldig gemacht, aber die gegen ihn erhobenen Anschuldigungen erwiesen sich mitunter doch als übertrieben und ungerechtfertigt. Die Frau eines Teppichhändlers suchte Gendarmeriehauptmann Brünn mit der Beschuldigung auf, Herr Stern habe bei ihren nachmittäglichen Spaziergängen ihrer fünfjährigen Tochter mehrmals ein fürchterliches Wort ins Ohr geflüstert, nämlich ... sie bringe es kaum über die Lippen, zögerte die Frau des Teppichhändlers, aber sie müsse es ja doch tun, wenn auch wirklich nicht gern, sie werde dieses Wort also jetzt sagen, und nun holte sie tief Luft und sagte tatsächlich »Hundefut«.

Hundefut? fragte Hauptmann Brünn leise.

Hundefut, sagte die Frau des Teppichhändlers und schlug die Augen nieder.

Die absurde Anschuldigung wurde durch die Zeugenaussage Rechtsanwalt Czernisewskys hinfällig, der unwiderlegbar bewies, daß wenn Herr Stern seit Monaten außerstande sei, das Wort »Hund« auszusprechen, es sich mit »Hundefut« nicht anders verhalten könne, folglich behaupte die verehrte Frau des Herrn Teppichhändlers die Unwahrheit oder irre sich zumindest. Die lügnerische Frau des Teppichhändlers war vor aller Öffentlichkeit blamiert, doch das änderte an der verzweifelten Lage von Herrn Stern nicht das Geringste. An einem verregneten Novembernachmittag mußte er auch aus der Kirche verbannt werden. Offensichtlich hatte Herr Stern das Gotteshaus betreten, um zu beten, doch vergebens faltete er die Hände, vergebens kniete er vor dem Kreuz, er brachte nur vollkommen zusammenhanglose Worte und Sätze hervor, sinnvolle und sinnlose, die aber keinesfalls in ein Gebet paßten. Pater Theodor duldete das Gefasel eine Zeitlang, als aber Herr Stern schluchzend das Kruzifix umarmte und unsern Herrn Jesus Christus mehrmals mit dem Wort »Gasofen« bedachte, »Gasofen, Gasofen«, da forderte er Herrn Stern mit energischer Stimme auf, das Haus Gottes zu verlassen. Herr Stern starrte Pater Theodor mit verschleiertem Blick ins Gesicht, um dann ohne ein weiteres Wort aus der Kirche zu taumeln. Es folgten, wenn das noch möglich war, noch skandalösere

Ereignisse. Noch konnte Herr Stern die Bezeichnungen für die männlichen und weiblichen Geschlechtsorgane aussprechen, und er sprach sie nicht nur aus, sondern schrie, durch die Stadt spazierend, ihre häßlichsten, vulgärsten Varianten. Zum Beispiel wurde Emilia Pekár, die kämpferische Sekretärin des örtlichen Frauenvereins, eines Morgens davon geweckt, daß Herr Stern unter ihrem Fenster den allerunflätigsten Kraftausdruck für das männliche Geschlechtsteil brüllte, eine unsäglich abscheuliche und dreckige Vokabel, die Emilia Pekár zwar noch nie gehört hatte, wo hätte sie sie auch hören sollen, dennoch wußte sie sofort, denn sie mußte es ja wissen, was das für ein Ding war, das dieses barbarische Wort bedeutete. Die Situation wurde unerträglich. Vergeblich ergriff Rechtsanwalt Czernisewsky erneut Partei für seinen Freund, indem er vorbrachte, daß Herr Stern nie und nimmer einen Skandal habe provozieren wollen, er wiederhole diese Wörter einzig und allein, um sie nicht zu verlieren, in Wirklichkeit klammere er sich an sie, und das sei der tragische Kampf eines zu allem entschlossenen, verzweifelten Mannes, und nicht der Zeitvertreib eines Skandalmachers oder Satyrs. Es half nichts, daß Rechtsanwalt Czernisewsky das schönste, ergreifendste Plädoyer seines Lebens hielt. Die Stadt hatte endgültig genug von den Skandalen des Herrn Stern. An einem Dezembertag, es schneite, als wären alle Träume zu Flocken zerpflückt, wurde Herr Stern ins Irrenhaus gebracht. Gerade ein Jahr war seit jenem ominösen Vortrag vergangen. Herrn Stern waren etwa hundert, hundertfünfzig Wörter verblieben. Er konnte seinen Namen nicht sagen, wiederholte aber in einem fort Rechenschieber, Rechenschieber. Er sagte Striezel, aber er sagte nicht Strudel. Manchmal flüsterte er: Emmanuel Negris.

Nichtsdestoweniger zählte Herr Stern im Irrenhaus zu den stillen, zuverlässigen Verrückten. Gewöhnlich verbrachte er seine Tage damit, an dem großen, zum Park hinausgehenden Flügelfenster zu sitzen und einzelne Wörter zu wiederholen, in unterschiedlichen Sprachmelodien und Stimmlagen. Einer seiner Ärzte, Herr Oberarzt Gierke, machte sich Notizen über das Phänomen. Das Wort »Bergehalde« zum Beispiel sagte Herr Stern an einem flüchtigen Nachmittag zweihundertdreiundsechzigmal hintereinander und kein einziges Mal auf die gleiche Art. Oberarzt Gierke unterzog den verbliebenen Wortschatz von Herrn Stern einer gründlichen Untersuchung, deren Ergebnisse er später in einer Studie zusammenfaßte. Manchmal kam ein Pfleger zu Herrn Stern, lockerte den Druck seiner Fesseln ein wenig, nötigte ihm Wasser oder ein Stück Brot in den Mund und überließ ihn wieder sich selbst. Meist war Herr Stern allein, Besucher hatte er kaum, natürlich mit Ausnahme von Herrn Czernisewsky, der sich mindestens einmal in der Woche bei seinem Freund einfand. Bedauerlicherweise verursachte Herr Stern ausgerechnet am Heiligen Abend einen größeren Skandal, als ihn das Wort für das männliche Geschlechtsorgan endgültig verließ. Herr Stern riß sich tobend die Beruhigungsfesseln herunter und lief, sein offenbar im Erregungszustand befindliches Glied in der Hand, stammelnd und röchelnd, Speichel und Geifer spuckend durch die Gänge der Anstalt. Er bekam so viele Injektionen, daß er in jenem Jahr nicht mehr zu sich kam. Erst in den ersten Januartagen öffnete er wieder die Augen.

Sein Freund, Rechtsanwalt Czernisewsky, saß neben ihm.

Hinter ihm stand Oberarzt Gierke, Feder und Mappe in der Hand.

Herr Stern, sagte Rechtsanwalt Czernisewsky leise.

Herr Stern antwortete nicht. Seine Augen glänzten wie eine Fensterscheibe, durch die lange, sehr lange niemand mehr geblickt hatte.

Bergehalde, sagte Oberarzt Gierke.

Herr Stern schwieg.

Rechenschieber, sagte der Arzt.

Doch Herr Stern blieb still.

Emmanuel Negris, flüsterte Rechtsanwalt Czernisewsky zu allem entschlossen.

Herr Stern zuckte nicht einmal mit der Wimper.

Aus, vorbei, seufzte Rechtsanwalt Czernisewsky.

Herr Stern wurde in die vom Geruch des Todes durchzogene Abteilung für unheilbar Kranke überführt. In stiller Resignation lagen hier Verrückte und Einfältige, hilflose Idioten im Sterben. Eine schwere Stille lag über dem nach Chlor riechenden Saal, nur der Tod nestelte in den Ecken und blies hinter die Vorhänge, die sich vor den zugemauerten Fenstern sachte bewegten. Eine einzige Glühbirne hing von der Decke und verbreitete ihr schwaches gelbes Licht. Mitunter verirrte sich eine Fliege in den Saal, ihr Summen wirkte wie ein Dröhnen. Hin und wieder starb ein Verrückter, ein, zwei Tage später entdeckte man den Toten und brachte ihn weg. Herr Stern lag stumm und bewegungslos auf seinem Bett. Er hatte die Augen offen und ließ keinen einzigen Wehlaut hören. Oberarzt Gierke war überzeugt, daß ihm nicht mehr viel Zeit blieb. Das Gehirn von Herrn Stern erwarb ein Medizinprofessor aus der Hauptstadt, auch er einer seiner großen Bewunderer, vergangenes Jahr hatte er ihn bei mehreren Vorträgen, so auch beim letzten, mit seiner Anwesenheit beehrt. Schließlich war alles bereit, daß

Herr Stern verscheiden und sein beunruhigendes Geheimnis mit ins Grab nehmen konnte. Doch eines Tages war er verschwunden. Man fand sein Bett leer. Seine Kleidung lag auf dem Boden. Es ließ sich auch nicht ermitteln, auf welche Weise er das sorgfältig bewachte Gebäude des Irrenhauses verlassen hatte. Gendarmeriehauptmann Brünn mobilisierte alle seine Männer, um den offenbar Unbekleideten aufzugreifen. Er blieb unauffindbar. Man stieß auf keinerlei ernstzunehmende Spuren. Einige Wochen hielt eine seltsame Aufregung die Stadt in Atem. Die Leute erwarteten, daß Herr Stern ganz plötzlich wiederauftauchen, nackt auf den Straßen herumlaufen und häßliche Wörter brüllen würde. Manchmal zirkulierten Falschmeldungen, er sei da oder dort gesehen worden, doch Herr Stern tauchte nie wieder auf.

Es kam der Frühling, und an einem strahlenden Tag stürzte der Waldhüter Subic, der gerade eine Schneckenspur auf einer Buche betrachtete, über ein weißes, wurzelartiges Ding. Dieses wurzelartige Ding war ein menschlicher Arm, der rechte Arm von Herrn Stern. Die Untersuchung wurde wiederaufgenommen und blieb neuerlich ergebnislos. Nur soviel ließ sich feststellen, daß der Arm einfach vom Körper abgerissen war, nicht lange, bevor man ihn fand, und daß sich Herr Stern nach seinem Verschwinden einige Wochen im Wald aufgehalten haben mochte. Die Tage vergingen, und um Herrn Stern wurde es wieder still. Nur Rechtsanwalt Czernisewsky kam nicht zur Ruhe und zerbrach sich über das Schicksal seines Freundes den Kopf. Eines Tages suchte er den Waldhüter Subic auf und fragte ihn, was er denn über den Fall des seligen Herrn Stern denke.

Von mir aus kann man ihn auch den heiligen Herrn Stern nennen, nuschelte der Waldhüter Subic.

Den heiligen? fragte Rechtsanwalt Czernisewsky staunend.

Den heiligen, sagte Waldhüter Subic.

Rechtsanwalt Czernisewsky schüttelte ärgerlich den Kopf, das habe er überhaupt nicht gemeint, sondern die seltsame Tatsache, daß Herrn Sterns Arm vorhanden, die übrigen Körperteile jedoch unauffindbar seien.

Da müssen Sie Gott fragen, sagte Waldhüter Subic mit einer Kopfbewegung gen Himmel.

Wie denn, staunte Rechtsanwalt Czernisewsky.

Er habe ihn zu sich genommen, sagte achselzuckend Waldhüter Subic, der sich über nichts wunderte, was im Wald geschah. Er zuckte nochmals mit den Schultern, um dann hinzuzufügen, daß sich dergleichen hier im Wald öfters zutrage. Auch mit Herrn Stern sei nichts anderes geschehen, als daß ihn Gott zugrunde gerichtet, dann aber doch Mitleid mit ihm bekommen und ihn, um sein Leiden zu beenden, in den Himmel hinaufgerissen habe. Wahrscheinlich habe Herr Stern sich widersetzt und noch bleiben wollen. Trotz all seines Leidens und seines Elends habe er sich an die Erde geklammert, mit solcher Kraft, daß sogar Gott ihn nicht so ohne weiteres habe holen können. Schließlich sei der Arm von Herrn Stern einfach abgerissen. So sprach der Waldhüter Subic, räusperte sich achselzuckend und spuckte in hohem Bogen aus, auf die Erde, an die sich Herr Stern auch ohne Worte so sehr geklammert hatte, daß sein Arm hiergeblieben war.

Aus dem Ungarischen von Heinrich Eisterer

György Dragomán

RADARSTATION

Unterm Kreuz

Bei klarem Wetter konnte Árendás von oben, von der Spitze des Strommastes aus, die ganze Talsperre bis zum Staudamm überblicken, sogar die Landesgrenze war von hier aus zu sehen und die alte Demarkationslinie. Er erklomm jedoch nur selten die Mastspitze, an der das Kreuz hing; wenn er sehen wollte, ob Kundschaft kam, mußte er nur bis zu der Stelle hinaufsteigen, wo die Radarteller angebracht gewesen waren, bevor die Bomben sie zerstört hatten, es war unnötig, auch noch den wackligen Strommast hinaufzuklettern und sich dabei Hände und Kleider mit Teer drekkig zu machen.

Der erste Besucher an diesem Tag war noch gut zwei Kilometer entfernt, Árendás brauchte das Fernglas gar nicht erst hervorzuholen, um schon am Gang zu erkennen, daß es sich um eine Frau mittleren Alters handelte. Er wußte, daß noch genug Zeit war für einen Tee, stellte den Primuskocher an und holte den Blechbecher.

Er hatte den zweiten Becher fast ausgetrunken, als die Frau endlich bei ihm ankam, sie war etwas jünger, als Árendás geschätzt hatte, ihr Atem ging schnell, und das schwarze Tuch war ihr vom Kopf gerutscht.

Árendás erhob sich, ging ihr entgegen, reichte ihr den Becher: Trinken Sie, das wird Sie beruhigen, sagte er. Guten Tag übrigens.

Die Frau nahm den Becher und schnupperte, dann trank sie bedächtig den Rest seines Pfefferminztees mit Honig. Nachdem sie ausgetrunken hatte, wischte sie sich mit dem Ärmel ihres schwarzen Pullovers den Mund ab und gab Árendás den Becher zurück. Stimmt es, was die Leute sagen? fragte sie.

Árendás zuckte die Achseln. Ich weiß nicht, sagte er. Ich habe es nur einmal gesehen. Aber wenn Sie schon hier raufgekommen sind, können Sie sich mit eigenen Augen davon überzeugen. Haben Sie das Geld dabei?

Ja, sagte die Frau und überreichte ihm einen Umschlag. Alles da, wie vereinbart, sagte sie.

Árendás nickte, schob den Umschlag, ohne den Inhalt geprüft zu haben, in seine Jackentasche, er spürte auch so, daß die Summe mehr oder weniger stimmte. Und das Benzin? Ohne Benzin ist nichts zu machen.

Die Frau nahm den grauen Leinenrucksack von der Schulter, löste die Lederriemen und holte drei große Colaflaschen aus Plastik heraus, Zweiliterflaschen mit der trüben grünlichen Flüssigkeit, und reichte Árendás eine nach der anderen.

Árendás stellte die Flaschen neben sich auf den Boden. Für etwa eine Viertelstunde wird's reichen, sagte er. Wenn Sie ihn in dieser Zeit nicht sehen, dann ist er endgültig gegangen. Wann hat sich der Todesfall ereignet?

Das Gesicht der Frau zuckte, als sie das Datum nannte.

Árendás nickte. Gut, sagte er. Die vierzig Tage sind noch längst nicht um. Er bückte sich und nahm die Flaschen, eine schob er sich unter die Achsel, die beiden anderen hielt er in den Händen: Kommen Sie, helfen Sie mir, wir müssen den Generator auffüllen. Er ging nach hinten, dorthin, wo einst der Bunker in den Felsen einbetoniert gewesen war, bevor ihn die Bomben zerrissen hatten.

Árendás schraubte die Tankkappe des Generators ab, nahm den Blechtrichter vom Bergsteigerhaken, der aus der Felswand ragte, steckte ihn in die Tanköffnung und begann, die erste Flasche Benzin einzufüllen.

Ich sage es allen und jedem, sagte er und sog dabei den scharfen Benzingeruch tief ein, aber meist völlig vergeblich, denn wer einmal hier raufgekommen ist, macht in der Regel keinen Rückzieher mehr, egal, ich sage es allen und jedem, daß er es sich gut überlegen soll, ob er das wirklich will, er soll sich seine Fragen gut überlegen, denn die Toten lügen nicht.

Die Frau nickte nur, nahm die dritte Colaflasche vom Boden, schraubte den Deckel ab und begann, das Benzin in den breiten Trichter zu gießen.

Árendás zuckte die Achseln: Sie werden schon sehen. Er drehte den Deckel des Benzintanks wieder zu, riß an der Startschnur, der Generator sprang sofort an, die Ruinen der ehemaligen Betonwände warfen den Motorenlärm zurück und verstärkten ihn noch.

Árendás geleitete die Frau zum Eingang des Radarraums, hob die an einem Lattenrahmen befestigte Zeltplane hoch und drehte am Lichtschalter. Das flackernde Licht der Zwanzigwattbirne vertrieb das Dunkel aus dem Raum. Árendás zeigte auf den Drehstuhl, gehen Sie hinein, sagte er, und setzen Sie sich dorthin, setzen Sie den Kopfhörer auf und lassen Sie den Bildschirm unter keinen Umständen aus den Augen, und wenn Sie den sehen, den Sie suchen, sprechen Sie ins Mikrophon, der Apparat springt von allein an und schaltet sich dann selbsttätig wieder ab. Berühren Sie nicht die Gerätewand, sie funktioniert nicht. Er sprach sehr schnell, als hätte er diese Sätze schon tausendmal gesagt und sei ihrer überdrüssig. Er verstummte, blickte die Frau an: Haben Sie Fragen?

Sie schüttelte den Kopf und starrte auf den großen runden Radarschirm, der das schwache Licht der Lampe schwarz zurückwarf, einmal grün aufblinkte und dann wieder dunkel wurde. Árendás trat aus der Türöffnung. Geht gleich los, sagte er und wartete, bis die Frau im Radarraum verschwunden war und ließ dann die Plane hinter ihr hinunter.

Er ging langsam zum Teekocher zurück, ließ sich auf dem alten Eselsattel nieder, der ihm als Stuhl diente, lehnte sich mit dem Rücken gegen den flachen Felsen und zündete sich eine Zigarette an, die erste an diesem Tag; er blickte zum Himmel, der Generator dröhnte, und Árendás dachte an den großen runden, grün phosphoreszierenden Radarbildschirm, daran, wie es wohl gewesen war, als sein Lichtstrahl kreisend den Himmel abgesucht und die Jagdbomber in den Blick genommen hatte, den ganzen Luftverkehr, aber er konnte es sich nicht richtig vorstellen.

Er blies den Rauch bedächtig aus, und als die Zigarette zu Ende war, schnippte er die Kippe weg und zündete sich eine neue an und betrachtete weiter den Himmel; der Wind trug den Geruch des Generators rasch fort, auch das Auspuffgas war nur schwach zu riechen, und Árendás fragte sich, ob es am Nachmittag ein Gewitter geben würde.

Das rhythmische Knattern des Generators verlangsamte sich allmählich, Árendás legte die Zigarette auf den flachen

Stein, den er als Aschenbecher benutzte, griff zum Metallschränkchen, um die Papiertüte mit dem Stofftaschentuch herauszunehmen, der Generator ploppte ein letztes Mal und verstummte, Árendás hörte, wie die Frau im Radarraum laut heulte, bis sie dann, beide Hände aufs Gesicht gepreßt, hinter der Zeltplane hervorkam; ihr ganzer Körper bebte vom Weinen. Árendás trat auf sie zu, reichte ihr die Tüte mit dem Taschentuch, nehmen Sie es, sagte er, es ist sauber, steril.

Die Frau wollte das Taschentuch nicht, blickte Árendás auch nicht an, sondern lief fort, sie schnappte sich ihren Rucksack vom Boden und rannte beinahe zum schmalen Bergpfad hinunter.

Árendás legte das grüne, frisch gestärkte Taschentuch in die Papiertüte zurück und faltete sie zu. Das Taschentuch ist im Preis inbegriffen, rief er der Frau nach, doch er wußte, daß sie sich dafür nicht mehr umdrehen würde, er machte eine wegwerfende Geste und steckte die Tüte zurück in den Behälter mit den anderen Tüten, der sich an der Seitenwand des Metallschrankes befand. Sei's drum, sagte er sich, dann bekommt es halt der nächste. Er nahm die Zigarette und zog kräftig an ihr. Er blickte hinauf zu dem aus kaputten Skiern zusammengenagelten Kreuz, das oben an der Mastspitze im aufkommenden Wind klapperte.

Die Blume

Am Jahrestag des Bombenangriffs wurde Árendás von Donnerschlägen geweckt, doch noch im Schlafsack liegend sah er, daß der Himmel klar und wolkenlos war. Eilig arbeitete er sich aus seiner gefütterten orangegelben Verpakkung, schlüpfte in seine Stiefel, warf sich den Wollmantel über, nahm das Fernglas aus dem wasserresistenten Metallschränkchen, kroch aus dem windgeschützten Unterschlupf zwischen der Felsenwand und dem intakt gebliebenen Mauerstück des ehemaligen Bunkers und stieg dann die Geröllhalde über dem Eingang des Radarraums hinauf; weiße Kondensstreifen zogen sich über den Himmel, die Jagdflugzeuge waren nur noch winzige, sich rasch entfernende dreieckige Pünktchen im endlosen Blau, Árendás brauchte das Fernglas gar nicht mehr anzusetzen, er wußte, daß es dort oben nicht mehr viel zu sehen gab.

Er wollte schon zu seinem Schlafsack zurück, als er Motorenlärm hörte, die Maschine näherte sich von Osten her, Árendás blinzelte in die Sonne, die Maschine war schon ziemlich nah, kein Jagdflugzeug, dafür flog es viel zu tief, die Bomber, dachte Árendás, das könnten die Bomber gewesen sein, die Wochenschau hatte Bilder von schwarzen Zylindern gezeigt, die aus den Bombenkammern herausfielen, von Kameras aufgenommen, die sich an den Bäuchen der Flugzeuge befanden. Er versuchte, sich die Explosionen vorzustellen, wie es wohl gewesen war, als die ganze Bergspitze erbebte, und ob einer von der Besatzung der Radarstation damals auch zum Himmel hinaufgeguckt hatte, doch sogleich schämte er sich für diesen albernen Gedanken, die Bomber waren ja bestimmt nachts gekommen, und das Stationspersonal konnte nur noch versuchen, das Ganze im Schutz des Bunkers zu überstehen, von den Maschinen hätten sie höchstens noch die grünen Pünktchen auf den runden Radarschirmen erkennen können.

Immer noch sah er zum Flugzeug hinauf, es näherte sich,

der Motorenlärm hallte von überall herüber, und auf einmal fielen tatsächlich schwarze Pünktchen aus der Maschine, Árendás spürte, wie ihn die Angst packte und in Besitz nahm, bis er im nächsten Moment begriff, was sich abspielte: Fallschirmspringer! Vor Erleichterung mußte er das Wort laut aussprechen, er setzte das Fernglas an, Fallschirmspringer, tatsächlich, und sobald er sie im Fokus hatte, waren sie auch schon ganz nah beieinander, fünf Mann, die nun in geschlossener Formation durch die Luft stürzten, die Schirme öffneten sich, und als der grüne Stoff aufbauschte, sah Árendás, daß er richtig gezählt hatte, und als sie weiter unten waren, sah er auch die Tarnanzüge, die glänzenden schwarzen Helme und Schutzmasken, und dann waren mit bloßem Auge die Maschinenpistolen an ihren Gürteln zu erkennen. Árendás ging zurück zur Zeltplane, um die kleinere Flasche Pflaumenschnaps aus dem Schlafsack zu holen.

Als er wieder vor die Felsenöffnung trat, befanden sich die Fallschirmjäger nur noch wenige Meter über dem aus kaputten Skiern gebastelten Kreuz oben am Strommast, Árendás sah die Tannenzweige um ihre Schultern, eine aberwitzige Ergänzung ihrer Tarnkleidung, und dann standen sie auch schon auf dem Boden, zwei von ihnen auf dem Felsabhang über dem Eingang des Radarraums, zwei auf der geborstenen Betonplatte, wo sich früher die oberste Station der Seilbahn befunden hatte; der fünfte war nirgends zu sehen, vermutlich war er irgendwo hinter der Felsenspitze gelandet, dort, wo damals die Explosionen die Felsbrokken und Teile der Radarschirme in einen Schutthaufen verwandelt hatten.

Mit schnellen Bewegungen lösten sich die Fallschirmjäger aus ihren Haltegurten, und jetzt sah Árendás, daß es aus Tannenzweigen, Blumen und nationalfarbenen Bändern notdürftig geflochtene Kranzhälften waren, die sie um die Schultern trugen, die Männer legten die halben Kränze auf das Geröll, und als Árendás näher trat, stellte er fest, daß die Tannenzweige und auch die roten und weißen Nelken aus Plastik waren. Die halbierten Kränze passen genau zusammen, dachte er, doch ein Halbkranz fehlt. Árendás blickte die Fallschirmjäger an: Das dürfte ein kleines Problem geben, sagte er mit einem Lächeln.

Unterdessen hatten die Männer ihre Fallschirme abgelegt, rollten sie jedoch nicht auf, sie redeten laut schreiend miteinander, von ihrem Gespräch verstand Árendás kein Wort, dann deutete der eine Soldat zur Felsenspitze, worauf die anderen drei im Seitwärtsgang die Geröllhalde umrundeten, der vierte trat zu Árendás, nahm den Helm ab und fragte ihn etwas, was Árendás ebenfalls nicht verstand. Mir können Sie viel erzählen, sagte er, ich verstehe kein Wort.

Da fragte der Fallschirmjäger endlich auf ungarisch: Was denn, sind Sie etwa nicht Hauptmann Drimbman?

Árendás versuchte vergeblich, ernst zu bleiben, er mußte lächeln. Sehe ich etwa aus wie ein Hauptmann?, fragte er und las auch gleich die Antwort im Gesicht des Fallschirmjägers. Na also, sagte er und reichte dem Soldaten die Schnapsflasche, bitte schön, sagte er, wie Sie sehen, weiß ich, wie man Gäste empfängt.

Wir haben wieder einmal falsche Koordinaten erhalten, sagte der Fallschirmjäger kopfschüttelnd, und sein Blick blieb an der zugekorkten Flasche hängen, er zögerte, dann entschied er sich doch und nahm sie Árendás aus der Hand, zog den Korken heraus, trank einen großen Schluck und ließ die Flasche sinken. Wir sind wegen der feierlichen Einweihung der Radarstation G26-X gesprungen, erklärte er, das Objekt wird anläßlich des einjährigen Jubiläums der Nato-Mitgliedschaft vom Verteidigungsminister persönlich eingeweiht, im Beisein ranghoher Nato-Generäle, gemeinsam werden sie am Denkmal der Vaterlandsverteidiger Kränze niederlegen, sagte er, und wir – er verstummte und machte eine Kopfbewegung in Richtung Plastikkränze –, und wir sollten die Kränze abliefern. Er spuckte aus und gab Árendás die Flasche zurück.

Árendás nickte, Irrtum, sagte er, das hier ist die alte Radarstation, und deutete mit dem Kopf zum Radarraum mit der grünen Zeltplane am Eingang, das ist alles, was nach der Bombardierung vor fünf Jahren übriggeblieben ist.

Perfekt, sagte der Soldat, er sah aus, als wollte er noch etwas sagen, vom Felsgeröll her ertönten Rufe, Árendás drehte sich um, einer der Soldaten stieg gerade über eine Eisenbetonsäule, die vor langer Zeit umgekippt war, die beiden anderen tauchten ebenfalls auf, sie trugen den vierten, der erste rief ihnen etwas zu, woraufhin der Soldat neben Árendás zu fluchen anfing, was Árendás schon halbwegs verstand. Was ist passiert, fragte er, gibt es ein Problem?

Sie sagen, ein Eisenteil hat seinen Schenkel durchbohrt. Der Soldat entriß Árendás die Schnapsflasche abermals, nahm einen Schluck und wischte sich mit dem Handrükken über den Mund. Gott kann sich dieses Manöver sonstwohin stecken, sagte er, drückte Árendás die Flasche in die Hand und ging zu den anderen.

Der Verletzte wurde vor dem Eingang des Radarraums auf die Erde gelegt, er mochte höchstens zwanzig Jahre alt sein, Árendás sah, daß seine Hose unter dem Verband am

Oberschenkel voller Blut war, sein Gesicht aschgrau vor Schmerz, auf seiner Haut glänzten stecknadelgroße Schweißperlen, er war kaum noch bei sich.

Árendás sah den Kommandanten an. Das sieht nicht gut aus, sagte er. Wenn er binnen weniger Stunden kein Blut bekommt, ist es aus mit ihm.

Der Kommandant nickte. Die Jungs haben bereits mit der Basis gesprochen, zwanzig Minuten, und der Helikopter ist da, sagte er.

Árendás schüttelte den Kopf. Hier kann kein Helikopter landen, sagte er, er wird abstürzen.

Klar stürzt er ab, sagte der Kommandant und spuckte aus, Sie müssen es ja wissen.

Árendás zuckte die Achseln. Wenn Sie nicht wollen, brauchen Sie es nicht zu glauben, sagte er, aber ich habe es geträumt.

Der Verletzte öffnete die Augen und blickte ihn an, Árendás hatte noch nie so tiefblaue Augen gesehen, ein blau wogendes Meer um die vor Schmerz zusammengezogenen Pupillen. Árendás wandte sich ab, der Verletzte flüsterte kaum hörbar, die Soldaten blickten sich an, der eine nahm Árendás die Schnapsflasche aus der Hand, kniete sich neben den Verletzten, der andere trat zu dem Kommandanten, sprach ein paar Worte zu ihm, der dritte schleuderte die spitze Eisenstange, die er bis jetzt in der Hand gehalten hatte, auf die flache Felsplatte, das rostige Eisen war fast bis zur Hälfte blutverschmiert. Er behauptet, es sei kein Unfall gewesen, sondern ein Soldat habe ihn angegriffen, sagte der Kommandant mit fester Stimme. Der Soldat habe ihm die Eisenstange ins Bein gejagt und ihm den Halbkranz weggenommen, fuhr er fort, dann packte er Árendás plötzlich am Handgelenk und riß ihn zu sich heran. Gibt es hier noch jemanden außer Ihnen?, fragte er, während der andere, der die Eisenstange weggeworfen hatte, die Maschinenpistole auf Árendás richtete.

Árendás schüttelte den Griff des Kommandanten ab, wich aber keinen Schritt zurück, er blickte in den Lauf der auf ihn gerichteten Waffe. Nur Gespenster, sagte er, niemand hat die Bombardierung überlebt, damals vor fünf Jahren, und während er das sagte, spürte er, wie es ihm kalt über den Rücken lief, ich habe aber kein einziges Gespenst gesehen, fügte er schnell hinzu, er mußte an das Dunkel im Radarraum denken, die Schatten, die um die Gerätewracks herumhuschten, und ich glaube auch nicht, daß ihnen die Plastikblumen gefallen würden, das sagte er schon leise, mehr zu sich selbst.

Der Kommandant nickte, Gespenster, ganz sicher, sagte er und trat gegen das blutige Eisenstück, das klirrend über die Felsen sprang, hinunter auf den schmalen Bergpfad, schon nicht mehr zu sehen, nur zu hören, wie es immer wieder irgendwo klirrend anschlug. Es wäre besser für Sie, wenn Sie sagen, wer es gewesen ist, sagte er, und seine Gesichtszüge verhärteten sich. Sehr viele Kriegsverbrecher sind bisher noch nicht gefaßt worden.

Soviel ich weiß, haben Sie auch nicht allzu intensiv nach ihnen gesucht, sagte Árendás und deutete zum Radarraum, sehen Sie sich um, vielleicht finden Sie was, wer weiß.

Der Kommandant sagte etwas, worauf zwei Soldaten ihre Maschinenpistolen auf Árendás richteten. Der Kommandant ging zum Radarraum. Falls ich jemanden finde, nehmen wir Sie ebenfalls mit. Sie kommen dann vor den internationalen Gerichtshof.

Árendás nickte. Ganz recht, sagte er und dachte mit Blick auf die halbvolle Schnapsflasche, daß er sie vielleicht zurückverlangen sollte, sagte aber lieber nichts, sondern sah dem Kommandanten zu, wie er zum Radarraum ging.

Als der Kommandant die Zeltplane hochhob, war das Dunkel des Raums für einen Augenblick zu sehen, dann fiel die Zeltplane wieder zurück.

Árendás ging in die Hocke, stützte sein Kinn in die Hand und betrachtete eine Zeitlang die Erde, dann sah er auf seine Uhr, der Sekundenzeiger bewegte sich langsam, Árendás wollte nicht an den Radarraum denken, wo das wirbelnde Dunkel manchmal toste wie das Meer.

Plötzlich wurde der Verletzte von einem Husten geschüttelt, dann sagte er etwas, schnell, ratternd, als hielte er eine Rede, die anderen schienen ihn nicht zu verstehen, aber Árendás kam der Rhythmus der Sätze bekannt vor, er erhob sich, trat näher an den Verletzten heran und begriff, daß der Soldat Ungarisch redete, ein sehr merkwürdiges Ungarisch, er stieß die Worte mit einem Akzent hervor, als könne sich seine Zunge nicht auf die Sprache einstellen, Árendás verstand nur drei Worte, »Blumen der Erinnerung«, er erschauerte, wandte sich nach hinten um, der Arme, sagte er, er redet schon völlig irr, geben Sie ihm keinen Schnaps mehr, sagte er, obwohl er wußte, daß sie ihn sowieso nicht verstanden, er zeigte auf die Schnapsflasche und fuchtelte mit den Händen, geben Sie ihm nichts mehr, sagte er langsam, Silbe für Silbe, und zeigte erneut auf die Flasche.

Die Zeltplane wurde hochgeschlagen, und der Kommandant erschien, Árendás sah sein kreidebleiches Gesicht. Nun, fragte er, haben Sie was gefunden?

Der Kommandant holte tief Luft, schluckte, schüttelte dann langsam den Kopf. Da ist nichts, nur Ruinen, sagte er leise, blickte stumm an Árendás vorbei in die Ferne, seine Augen bewegten sich, als würde er etwas Bestimmtes sehen, Geröll und Dunkelheit, sagte er und schüttelte wieder den Kopf, aber so heftig, als wolle er sich Wasser herausschütteln, dann blickte er die anderen an und sagte etwas im Befehlston. Die Soldaten ließen die Maschinenpistolen sinken, Árendás sah, daß der Kommandant irgendwas in Händen hielt, aber was es war, das sah er nicht, weil der Kommandant mit dem Rücken zu ihm stand. Was ist, fragte er, ziehen Sie wieder ab?

Der Kommandant drehte sich zu ihm um und nickte. Sie hatten recht, sagte er, besser nichts riskieren. Es ist unwahrscheinlich, daß ein Helikopter es bei diesem Wetter hier heraufschafft. Der Wind wird stärker, wahrscheinlich gibt es ein Gewitter. Wir gehen zu Fuß hinunter.

Árendás blickte zum Himmel, im Osten hingen ein paar blasse graue Schleierwolken, sonst war der Himmel durchweg klar. Weiß der Teufel, sagte er und blickte wieder den Verletzten an, und was ist mit dem, der ihn angegriffen hat?, fragte er.

Der Kommandant winkte ab, er deliriert doch nur, der Unglückliche, sagte er, er ist beim Absprung einfach falsch aufgekommen.

Bei diesen Worten machte er eine Geste, und Árendás entdeckte, daß der Kommandant eine weiße Plastiknelke in der Hand hielt. Er warf einen Blick auf die Kränze an der Geröllhalde, doch dort fehlte keine einzige Blume. Árendás lächelte, setzte sich auf einen der großen flachen Steine und sah zu, wie die Soldaten den Verletzten hochhoben und mit ihm auf den schmalen Bergpfad zumarschierten, der sich zwischen den Felsen hinabschlängelte. Der eine trug immer noch seine Schnapsflasche, und wieder dachte Árendás, daß er sie zurückfordern sollte, dann blickte er zu den Kränzen auf dem Geröll, wo die Fallschirme lagen, in deren grünseidenen Saum der Wind immer wieder hineingriff, und er sagte lieber nichts, ich sollte besser ein paar Steine auf die Fallschirme legen, dachte er, damit das Gewitter die kostbare Seide nicht vom Berg fegt.

Zapfenstreich

Früher hatte Árendás den Regen nicht gemocht, doch seit er hier oben unter dem Kreuz wohnte, gefiel er ihm immer mehr. Wenn es regnete, wurden die Steine auf dem Weg rutschig, und niemand traute sich, die zwölf Kilometer zwischen der letzten Wachhütte unten und der Radarstation hier oben in Angriff zu nehmen; an Regentagen kam niemand herauf, und man konnte ungestört unter der Zeltplane sitzen, die zwischen der Betonwand und dem Felsen aufgespannt war, und seinen Gedanken nachhängen oder lesen oder die Wolken oder das vom Himmel herabstürzende graue Wasser beobachten. Manchmal, wenn er lange genug auf dem alten Eselsattel saß und in die grauen Striche starrte, war ihm, als würden sich bestimmte Gestalten herausbilden, alle möglichen Gesichter und Tierköpfe: Wildschweine, Gemsen, Hunde, Pferde.

An diesem Tag war Árendás dabei, Gamsfallen zusammenzubauen, er legte die dazu nötigen Teile schön ordentlich nebeneinander, Batterien, leere Konservendosen, Furnierplatten, die er aus den zerstörten Schreibtischen und Spinden herausgesägt hatte, das zu Pulver gestampfte Steinsalz, den feuchten Lehm und die Schale zum Mischen, dann öffnete er den Metallschrank und nahm die Bomblets heraus, wischte eins nach dem anderen fein säuberlich ab, klappte den Pfeifenstopfer seines Schweizermessers auf und begann die Abdeckkapseln der Geschosse aufzuhebeln.

Er wußte nicht genau, nach welchem Prinzip die Streubomben funktionierten, mit denen der Bunker zerstört worden war, doch einmal, noch während der Bombardierungen, hatte er im Fernsehen eine Animation gesehen, die veranschaulichte, daß die Bombe innen wie ein Granatapfel aussah und viele kleine Bomblets transportierte, die sich beim Einschlagen aus der Bombe herauslösen und überall hinrollen würden, in Luftschächte und Spalten, sie würden erst nach einigen Minuten explodieren und so die Innenräume eines Betonbunkers beschädigen oder ganz zerstören. Viele der Bomblets waren damals nicht explodiert, Árendás hatte diese Blindgänger vor allem an der hinteren Wand des Radarraums gefunden, in den Ruinen des früheren Ersatzteillagers; anfangs hatte er sie in die Bergschluchten hinuntergeschleudert, bis er dahintergekommen war, daß man sie sich auch anderweitig zunutze machen konnte.

Er arbeitete schnell, seine Finger fanden zwischen den sechseckigen Dornen leicht die schmale Vertiefung, in die der Pfeifenstopfer eindringen und die Kapsel vorsichtig aufdrücken konnte, worauf die fingernagelgroße Scheibe an der Innenfläche aufsprang und das Gewinde zum Vorschein kam, man mußte es nur noch aufschrauben und den Zünder behutsam herausziehen, dann konnte man den rosafarbenen kneteähnlichen Explosionsstoff aus dem Mantel herauskratzen und mit dem Lehm und dem Steinsalz in der Schale vermischen.

Árendás war gerade mit dem vierten Bomblet zugange, als eine Trompete erklang. Vor Überraschung hätte er es beinahe fallenlassen, doch er brach die Bewegung nicht ab, sondern führte sie bis zu Ende, und erst als er den Zünder herausgenommen hatte, schlug er die Zeltplane zurück, um zu sehen, woher die Trompetenklänge kamen.

Der Alpinist in Uniform stand oben auf der Geröllhalde über dem Eingang des Radarraums und blies, den Kopf in den Nacken gelegt, mit geschlossenen Augen und ohne sich auch nur im geringsten um den Regen zu kümmern, in seine Trompete, er spielte den Zapfenstreich, Árendás hatte die Melodie sofort erkannt. Er stellte die Schale ab, nahm das Stück tarnfarbene Zeltplane vom Boden neben dem Eselsattel, breitete sie sich über dem Kopf aus und trat in den Regen hinaus.

Der Alpinist spielte den Zapfenstreich zu Ende, ließ die Trompete sinken, stand aber weiterhin mit geschlossenen Augen da, Wind und Regen trotzend.

Árendás fing an zu klatschen, der Lärm ließ den Alpinisten zusammenzucken, er schlug die Augen auf und blickte Árendás an.

Árendás beendete den Applaus und lächelte, ich gratuliere Ihnen, rief er, ich hätte nicht für möglich gehalten, daß man bei diesem Unwetter die Nordwand hinaufklettern könnte.

Der Trompeter sagte nichts, klemmte sich die Trompete unter die Achsel und sprang die Geröllhalde hinunter, Árendás dachte, daß er ausrutschen würde, doch der Trompeter strauchelte nicht einmal, nur die Steine kollerten unter seinen Füßen; Árendás sah, daß der Mann Stiefel trug und keine Bergsteigerschuhe.

Der Trompeter fuhr mit der freien Hand über die Zeltplane vor dem Radarraum, hob dann die Hand, winkte wie zum Abschied und entfernte sich schnell Richtung Nordseite.

Árendás rief ihm nach. Warten Sie, bleiben Sie stehen, rennen Sie nicht weg!, doch der Mann beachtete ihn nicht, er ging weiter und war gleich darauf hinter einem großen Haufen Felsgeröll verschwunden.

Árendás richtete die Plane über seinem Kopf, wobei seine linke Schulter frei blieb, und bald spürte er, daß seine Kleidung klatschnass wurde. Kommen Sie, trinken wir wenigstens einen Becher Tee!, rief er noch einmal, doch von dem Mann keine Spur mehr, und Árendás' Stimme wurde vom starken Regen übertönt.

Árendás blickte zum Kreuz hinauf. Dann eben nicht, sagte er, so habe ich wenigstens mehr Tee für mich.

Er kroch zurück unter die Zeltplane, in den windgeschützten Spalt, schüttete das Regenwasser aus und setzte sich wieder auf den Eselsattel: Ich muß noch mindestens zwei oder drei Geschosse aufkriegen, um genug Explosionsmaterial zu bekommen, die Gamsfallen funktionierten nach einem ganz einfachen Prinzip, Árendás war wirklich stolz auf die von ihm erfundene Methode. Man mußte nur eine Batterie in die Konservendose legen, darüber die Dose mit einer kleinen Holzplatte senkrecht zweiteilen, dann die Mischung aus Steinsalz, Explosionsmasse und Lehm in beide Teile füllen und fertig. Die Gemsen brauchen das Salz nur anzulecken, ihr Speichel schließt den Stromkreis, und der Kopf fliegt ganz sauber in die Luft.

Er nahm ein weiteres Bomblet auseinander, kratzte den Sprengstoff heraus und vermischte ihn mit dem Lehm, da erinnerte er sich wieder an die Bombardierung, daran, wie es war, als die Sprengkörper überall hingerollt waren, besser, dachte er, man stellt sich das alles gar nicht erst so genau vor. Als er am letzten Bomblet arbeitete und den Zünder schon halb herauszog, hörte er plötzlich wieder die Trompete, ihr Klang schien aus nächster Nähe zu kommen, es war sehr laut, Árendás erschrak so heftig, daß ihm das Bomblet jetzt tatsächlich aus der Hand fiel und wegrollte, direkt auf die Felsenschlucht zu, und da erblickte er den Trompeter, er stand am Rand der Schlucht, am äußersten Ende des Felsens, und anscheinend hatte er das auf ihn zurollende Geschoß gesehen, denn er bückte sich und fing es auf, und Árendás sah, wie er am Zünder drehte und ihn mit dem Daumen ins Geschoß zurückdrückte, Árendás wußte, daß der Trompeter die Bombe zu ihm zurückwerfen und er dann keine Zeit mehr haben würde, sie von neuem auseinanderzunehmen, er würde den Zünder nicht mehr herausnehmen können, er beobachtete die dünnen weißen Fingern des Trompeters, sah, wie er langsam den Arm hob, Árendás dachte an die anderthalb Meter dicke Felsenwand des Radarraums, an den mit Stahlplatten verstärkten Beton, daran, wie selbst sie von der Explosion zerrissen worden waren. Der Trompeter holte aus und schleuderte das Geschoß mit ganzer Kraft in die Luft, hinein in den Regen und im großen Bogen über die Schlucht.

Die Detonation klang, als habe ganz in der Nähe der Blitz eingeschlagen, Árendás spürte, wie sich ihm die Härchen an den Armen aufstellten, auch das Haar auf seinem Kopf stand senkrecht, die Regentropfen fielen einen Moment lang aufwärts, dann fielen sie wieder zurück und ritzten die gleichen Striche in den Himmel wie zuvor.

Der Trompeter trat einen Schritt von der Schlucht zurück und nickte Árendás zu. Ich hab's mir anders überlegt, sagte er, wenn die Einladung zum Tee noch steht, dann nehme ich sie gern an.

Árendás nickte, obwohl ihm der Kopf dröhnte, er sah die blitzende, gelbbronzene Trompete, sie schien ihm ganz trocken, so als seien ihr die Regentropfen ausgewichen, doch Árendás wußte, daß er einem Trugbild aufsaß und es die Druckwelle war, die ihm den Kopf ein wenig verwirrte.

Aus dem Ungarischen von Lacy Kornitzer

Marius Ivaškevičius
DIE ZIVILISATION WERSCHBOLOWO

Das Rätsel

Neu ist alles nur bis Werschbolowo – was hier neu, ist nicht neu dort, lautete ein Sprichwort, das Anfang des zwanzigsten Jahrhunderts im russischen Reich weit verbreitet war. Sie werden mir zustimmen, daß man hundert Jahre später kaum noch versteht, was es bedeutet. Das gilt auch für die aufrührerische Erklärung, die der zwanzigjährige Dichter Wladimir Majakowski 1914 in der russischen Presse verbreitete: *Es wird Zeit zu begreifen, daß »Europa zu sein« keine sklavische Nachahmung des Westens ist, kein Herumlaufen mit Hosenbändern, die über Werschbolowo herüberkommen, sondern eine Anspannung der eigenen Kräfte, so wie man es dort tut.* Und schließlich eine dritte literarische Erwähnung dieses geheimnisvollen *Werschbolowo,* in einem Gedicht aus dem Jahr 1913 des damals in Paris lebenden russischen Symbolisten Ilja Ehrenburg mit dem Titel »An Rußland«:

Wenn ich sie einmal wiedersehen sollte
Die Gepäckträger, die Aufschrift Werschbolowo, [...]
Verstehe ich, wie arm und klein ich vor dir bin,
Und wieviel mir in dieser Zeit verlorenging.

Die Rede ist von Rußland. Mit russischer Selbstironie und Nostalgie. Was aber ist »Werschbolowo«, dieser Eigenname, der zum Begriff wurde, weil damals offenbar jeder einigermaßen gebildete Bürger dieses Imperiums genau wußte, wovon die Rede war?

Ich werde die Geduld der Leser nicht weiter strapazieren. *Werschbolowo* ist ein Bahnhof im zaristischen Rußland. Ein riesiger Bahnhof, so repräsentativ und prachtvoll, daß nur der Bahnhof der damaligen Hauptstadt St. Petersburg (heute der Witebsker Bahnhof in Petersburg) mithalten konnte. Er befand sich an der Grenze zweier Imperien, Rußlands und Deutschlands. Ein Ort des Abschieds von Rußland und der Heimkehr für Zaren, Dichter, Dissidenten und einfache Bürger des Riesenreichs, deren Leben keine deutliche Spur hinterließ – außer jener von einer Generation zur nächsten überlieferten russischen Verachtung für ihr eigenes grenzenloses Vaterland, vermischt mit grenzenloser Sehnsucht.

Exkurs

Während meiner Kindheit, in den siebziger Jahren, war die Eisenbahnstrecke Molėtai–Kybartai eine meiner wichtigsten Reiserouten. Molėtai ist eine Kleinstadt in Ostlitauen. Kybartai, ein Ort fast gleicher Größe, liegt im Südwesten, an der Grenze zum Kaliningrader Gebiet, d. h. am anderen Ende von Litauen.

In Molėtai wurde ich geboren. In Kybartai lebten meine Großeltern.

Häufig versammelte sich in Kybartai die ganze Familie. Mein Onkel, der Bruder meines Vaters, reiste vom nördlichen Rand Litauens an, seine Schwester von der Ostseeküste im Westen. Von drei Enden Litauens kommend, trafen wir uns am vierten.

Mein Großvater, den wir zärtlich Väterchen nannten, war früher Bahnhofsvorsteher gewesen. Zu meiner Zeit züchtete er nur noch Blumen, kümmerte sich um sein Gewächshaus und brachte die seltensten Rosensetzlinge von den Blumenausstellungen der damaligen UdSSR mit.

Meine Großmutter, die alle Baba riefen, früher Feldscher und Leiterin des Eisenbahnambulatoriums, betätigte sich in meiner Erinnerung meistens nur in ihrer Küche.

Das Backsteinhaus, in dem sie lebten, stand in der Gorki-Straße und fiel durch besonders fröhliche Farben auf. Irgendwann waren seine verputzten Wände einmal zitronengelb gewesen. In meiner Erinnerung ist es immer noch orangerot.

Im Hof, hinter dem Gewächshaus für die Rosen, wuchsen Apfel-, Birnen-, Pflaumen- und Aprikosenbäume. Ein Stück weiter Stachelbeerbüsche und Johannisbeersträucher. In den Stachelbeeren sehe ich mich in meiner Erinnerung am häufigsten.

Gleich neben dem orangeroten Haus befand sich der repräsentative Teil des Gartens, mit einem kleinen Bassin, mit Wasserlilien und einem Springbrunnen, einem sorgfältig gepflegten Rasen und Ziersträuchern. Hier stand auch der erste und einzige Pfirsichbaum des Städtchens.

Häufig kamen Leute aus Kybartai an die Pforte und baten um Rosen, und Väterchen war sehr gekränkt, wenn sie ihm für die Blumen Geld anboten.

Außerdem verjagte er mich und meine Cousins von dem

»repräsentativen« Rasen. Wir durften nur auf den mit Steinplatten bedeckten Pfaden herumlaufen. Außerdem schimpfte er, wenn wir die Hände ins Bassin steckten, denn das Bassin war tief. Und er kam immer zu spät, wenn Baba die ganze Familie zum Mittagessen rief.

Oft fuhren wir zum Einkaufen ins Kaliningrader Gebiet. Ich erinnere mich nur noch an die dichten Baumreihen am Straßenrand. Und an die mit kyrillischen Buchstaben markierte Stadtgrenze Нестеров, die ich, da ich kyrillisch nicht verstand, als »Heztepob« las. Alle schütteten sich aus vor Lachen.

Abends saßen wir im Obergeschoß des Hauses auf abgewetzten Sofas und sahen fern. Bei Fußballübertragungen blieb nur der männliche Teil der Familie im Zimmer. Mein Vater aß beim Fernsehen immer eine große Schüssel Äpfel. Er mochte Äpfel, und in Molėtai, am anderen Ende von Litauen, hatten wir keinen Garten, nur ein kleines Beet in einem Gemeinschaftsgarten.

Danach gingen wir alle schlafen. Von der Wand ließ sich ein Doppelbett herunterklappen, das Väterchen selbst gezimmert hatte. Dort schliefen meine Eltern, während ich im Nebenzimmer untergebracht war, mit dem Fenster zur Straße. Vor dem Einschlafen lauschte ich dem Geräusch der vorbeifahrenden Züge. Es fiel mir schwer, mich an das Donnern der Gleise zu gewöhnen, denn in unserem Städtchen am anderen Ende von Litauen gibt es ja keine Eisenbahn.

Väterchen starb 1981, und das Haus mußte verkauft werden. Ich war damals neun Jahre alt.

Danach fuhren wir nur noch zweimal im Jahr nach Kybartai. Zu Väterchens Todestag und zu Allerseelen im November, wenn ganz Litauen beim Besuch seiner Toten den Verstand verliert. Ein schöner Feiertag. Er macht mich überhaupt nicht traurig.

Wenn wir am Grab gewesen waren, fuhren wir immer langsam an dem einst orangeroten Haus vorüber, dem die neuen Besitzer ein Granitgrau verpaßt hatten. Wir schauten bei Gražina herein, der einzigen in Kybartai gebliebenen entfernten Verwandten, und tranken Kaffee zu belegten Broten.

Dann kamen die Jahre 1990/91, Litauen erhielt seine Unabhängigkeit zurück, und meine ehemaligen Schulfreunde verführten mich zum Kupferschmuggel. Wir fuhren über Kybartai nach Kaliningrad, kauften dort verschiedenen Plunder aus Kupfer und vertickten ihn in Litauen. Und dann rollte der ganze Kupferkram in Eisenbahnwaggons nach Deutschland.

In Zügen versteckt und in einem alten Moskwitsch schafften wir das Metall heran, wir verbargen es sogar unter der Motorhaube. Einmal sprangen wir mit Rucksäcken voller Kupfer über die Liepona, das Flüßchen, das Kybartai vom Kaliningrader Gebiet trennt. Nach einer erfolgreichen Mission aßen wir im Restaurant zu Abend und übernachteten bei Gražina, der wir als Geschenk eine große Flasche Schnaps der Marke »Royal« mitbrachten. Und wenn wir an der Grenze Ärger bekommen hatten, tranken wir den »Royal« in unserem namenlosen Schmerz selbst aus – unverdünnt.

Später wurde die Staatsgrenze immer besser bewacht, und unser »Geschäft« lief nicht mehr. Wir gingen auseinander.

Und ich kam wieder nur noch zu zwei Anlässen nach Kybartai. Langsam fuhren wir dann an unserem ehemaligen

Haus vorüber, schauten bei Gražina herein und tranken zu belegten Broten Kaffee.

Einmal führte uns Gražina in den Hof und zeigte uns eine alte rissige Marmorwanne und sagte: »Das ist die Badewanne des russischen Zaren.« Sie stand bereits seit vielen Jahren in ihrem Holzschuppen, vielleicht könnten wir einen Käufer für die Wanne finden.

Erst da begriff ich, daß ich meine ganze Kindheit über immer nach Werschbolowo gefahren war und nur fünfzig Meter von jenem Ort entfernt gewohnt hatte, wo einst ein riesiger repräsentativer Bahnhof des russischen Imperiums stand.

Mir war, als sei ich plötzlich in dem Teich, in dem ich mein Leben lang herumgetaucht war, auf die »Titanic« gestoßen.

Der Anfang

Das Wort Werschbolowo ist ein reines Mißverständnis. Es handelt sich um die Übersetzung von Virbalis, dem Namen einer Kleinstadt im Südwesten von Litauen, ins Slawische. Virbalis wiederum geht offenbar auf das noch ältere Viršbalis zurück, die Bezeichnung für einen Ort, der über einem Sumpf liegt.

Als sei das noch nicht kompliziert genug, stand dieser Bahnhof einhundert Jahre lang in Kybartai, einem Städtchen, das fünf Kilometer von Virbalis entfernt ist.

Es gibt mehrere Versionen, die erklären sollen, warum der Bahnhof Werschbolowo so weit außerhalb von Virbalis liegt. Die eine besagt, die Stadtväter von Virbalis hätten sich geweigert, den russischen Machthabern Schmiergeld zu zahlen, weshalb die Bahnlinie einen Bogen um die Stadt machen mußte. Einer zweiten, glaubwürdigeren Version nach sollte der Bahnhof in Virbalis gebaut werden, doch da sich die Grenze in fünf Kilometern Entfernung befand, hätten Menschen und Güter zwischen dem russischen und dem europäischen Schienennetz mit Pferdewagen transportiert werden müssen. Die Ingenieure hätten den Fehler korrigiert, aber den Bahnhof nicht umbenannt.

Die ganze Suppe wurde in der Mitte des neunzehnten Jahrhunderts eingerührt, als man mit dem Bau der Bahnstrecke St. Petersburg–Warschau begann. Doch lassen wir diese Eisenbahn einfach links liegen, soll sie ruhig nach Warschau rollen, von dort nach Wien und weiter nach Südeuropa. An dieser Bahnlinie war ein Abzweig nach Ostpreußen vorgesehen. Und an einem Ende dieses Abzweigs wuchs das gigantische Monster Werschbolowo – ein Bahnhof der höchsten Kategorie, mit riesigen Hallen, Hotels, Restaurants in drei Klassen, einem Zollamt, Appartements für den Zaren und seine Familie, einem Depot für den persönlichen Zug des Zaren und einem weiteren für die übrigen Dampfloks und Waggons und mit all den anderen Gebäuden, die für sehr große Grenzbahnhöfe charakteristisch sind und deren Aufzählung ungeheuer viel Zeit in Anspruch nehmen würde.

Entworfen wurde der Bahnhof von Franzosen, erbaut von Deutschen, und die ersten Züge hielten dort im Jahre 1861. Doch der Bahnhof kann damals noch nicht fertig gewesen sein, denn in Gražinas Hof steht ein kleines Kraftwerk, über dessen Eingang in roten Ziegeln die Jahreszahl »1865« prangt.

Auch als Symbol für Rußlands Westgrenze nahm Werschbolowo nach und nach Gestalt an. Dostojewski läßt die Helden seines Romans »Der Idiot« mit dem Zug von St. Petersburg noch über Eydtkuhnen in den Westen fahren. Eydtkuhnen, das heutige Tschernyschewskoje, war ebenfalls ein Grenzort, aber schon auf der preußischen Seite, jenseits des Flüßchens Liepona, über das meine Freunde und ich einhundert Jahre später das Kupfer nach Litauen bringen würden.

Dostojewski schrieb 1863 in seinen »Winteraufzeichnungen von Sommereindrücken«: *In dem Augenblick, da wir durch Eydtkuhnen rollen, nehmen wir sogleich erschreckende Ähnlichkeit an mit jenen kleinen, unglücklichen Hündchen, die hier, von ihren Herren ausgesetzt, umherstreunen.*

Auch hier klingt er wieder an, der ewige Minderwertigkeitskomplex eines Russen, der nach Europa kommt. Da von dieser Behauptung Dostojewskis bis zur eingangs zitierten Erklärung Majakowskis noch ein halbes Jahrhundert vergehen wird, ist die Schlußfolgerung erlaubt, daß sich die russischen Komplexe gegenüber Europa in diesem Zeitraum nicht geändert haben. Nur die Namen änderten sich. Ein neuer Grenzpfahl wurde ins russische Bewußtsein geschlagen – Werschbolowo, der das schwer auszusprechende und zum Reimen kaum geeignete deutsche Eydtkuhnen ersetzte.

Das Projekt eines Bahnhofs von solchen Ausmaßen lockte alle möglichen gewitzten und gescheiterten Geschäftsleute an; aus den Tiefen des russischen Reiches, aber auch aus anderen Grenzregionen kamen sie nach Werschbolowo. Der jüdische Eisenbahner Ilja Lewitan war schon da, bevor hier die ersten Dampflokomotiven auftauchten. Im Jahre 1860 wurde in Kybartai sein Sohn Isaak Lewitan geboren, der zukünftige Klassiker der russischen Kunst und ein Genie der Landschaftsmalerei.

Die Ausmaße des Bahnhofs und die Anzahl seines Personals nahmen auch dadurch zu, daß hier nicht nur Pässe und Güter kontrolliert wurden. Die Russen verwendeten Gleise englischer Norm, die breiter waren als im übrigen Europa. Die Reisenden trafen in Werschbolowo auf diesen Gleisen ein, durchliefen die Paß- und Zollkontrolle und stiegen dann in einen Zug um, der auf Gleisen deutscher Norm stand. Bedenkt man, daß auf diese Weise sämtliche Güter von Rußland in den Westen und in umgekehrter Richtung transportiert wurden und über Werschbolowo ein Zehntel des gesamten Imports und Exports von Rußland abgewickelt wurde, bekommt man eine Vorstellung von der eindrucksvollen Dimension der Gleisanlagen, Waggons, Dampfloks und Lagerhallen.

Vielleicht war es auch aus diesem Grunde unvermeidlich, in Werschbolowo Luxusappartements für den russischen Zaren und seine Familie sowie ein Depot für seinen persönlichen Zug zu bauen, in dem das Monstrum dann herumstand und darauf wartete, daß sein Hausherr und Herrscher über ganz Rußland ins Ausland reiste. *Ich habe ausgezeichnet geschlafen,* schrieb Nikolaus II. am 18. Oktober 1896 in sein Tagebuch: *Der Tag war grau, doch nicht kalt. Alix und Ella wurde schlecht, obwohl wir nicht schnell fuhren. Mit Interesse las ich Pawlows ›Geschichte Rußlands‹. Um 7.30 abends trafen wir in Werschbolowo ein, nach fast zweimonatiger Abwesenheit von Rußland! Wir stiegen in unseren vorigen (Kursker) Zug um. Ein Feldjäger kam noch mit den Papieren hier an. Wir aßen um 8.15 Uhr.*

Obwohl der Zar stets von seiner persönlichen Leibwache begleitet wurde und die Bahnhofsgendarmerie ihn bei Ankunft vor unnötigen Blicken sorgfältig schützte, suchte die Familie des Herrschers hin und wieder die Begegnung mit dem »Volk«. Einmal versprach der Sohn von Nikolaus II., Alexej, den Kindern von Kybartai eine Schule. Das erste Knaben-Gymnasium wurde hier 1912 gegründet und erhielt seinen Namen.

So waren die Leute von Kybartai stets privilegiert: Stießen sie bei den einheimischen Bürokraten auf taube Ohren, so konnten sie sich direkt an die höchste Instanz wenden, falls diese »Instanz« sich zufällig im Bahnhof aufhielt. Anfangs waren die russischen Zaren die Wohltäter, später die litauischen Präsidenten und schließlich die ersten Sekretäre der Kommunistischen Partei der UdSSR. Der letzte, an den sich eine Einwohnerin von Kybartai persönlich mit einer Bitte wandte, war Nikita Chruschtschow.

Wie an allen großen Knotenpunkten der Welt blühte auch hier neben dem offiziellen Handel der Schmuggel. Wir mit unseren Rucksäcken voll Kupfer waren da wirklich nicht die ersten.

Die Anfänge des Bahnhofs Werschbolowo fielen in die Zeit des bewaffneten polnisch-litauischen Aufstands von

1863, den die russischen Machthaber niederschlugen und zum Anlaß für Repressalien und eine strikte Russifizierung nahmen. In Litauen wurde das litauische Alphabet verboten und die kyrillische Schrift eingeführt. Damals begann man, litauische Bücher in Ostpreußen zu drucken. Bücher wurden zum beliebtesten und meist verbreiteten Schmuggelgut (für mich als Philologe ein Phänomen von ganz eigenem Reiz). Als Zar Nikolaus II. im Jahr 1904 das Verbot aufhob, waren bereits ganze Ströme geschmuggelter Bücher durch Werschbolowo geflossen. Weit bedrohlicher für die Grundfesten des Imperiums war die illegale kommunistische Literatur, die über Werschbolowo ins Land kam. Vielleicht ließ man deshalb die litauischen Bücherschmuggler in Ruhe und legalisierte ihr »Geschäft«.

Bereits 1895 traf Lenin über Eydtkuhnen in Werschbolowo ein und wurde vom Zoll gründlich durchsucht, verbotene Literatur oder Flugblätter fand man jedoch nicht.

Auch der Dichter Alexander Blok hat miterlebt, wie die Zöllner von Werschbolowo vornehmlich Jagd auf Bücher machten. Er passierte Werschbolowo 1909 auf dem Rückweg aus Italien: *Spätnachts reihte man im riesigen, nach Karbol stinkenden dunklen Saal des Zolls von Werschbolowo die Passagiere des deutschen Zugs an einem schmutzigen Tisch auf und fing an, sie zu durchsuchen. Man durchsuchte sie lang, trug die Bücher von irgend jemandem in Kiepen in irgendeine Abteilung – liebenswürdig und warnend. Am Ende der Operation zeigte sich, daß die letzte Prüfung bestanden war, und die Seele war erleichtert.*

1914 begann der Erste Weltkrieg, und der Bahnhof Werschbolowo hieß nun Wirballen. Kybartai wurde zweimal stark zerstört: am Anfang und am Ende des Krieges. Aber es wurde schnell wieder aufgebaut, und 1918, als Litauen seine Unabhängigkeit ausgerufen hatte, erhielt der Bahnhof wieder einen anderen Hausherrn und einen neuen Namen. So tauchte an der litauisch-deutschen Grenze der Bahnhof Virbalis auf.

Immer wenn Litauen von Rußland unabhängig wird, müssen wieder dieselben Probleme gelöst werden: Was soll mit dem Erbe geschehen, mit jenen industriellen und anderen Giganten, die auf alle Bedürfnisse des riesigen Rußlands abgestellt waren und sich schließlich als zu teuer erweisen, als daß ein kleiner Staat sie hätte nutzen können.

Der Bahnhof Virbalis war für Litauen schlicht gesagt zu groß. 1918 mußte nicht nur der gewaltige Bahnhof, sondern das gesamte Eisenbahnnetz übernommen werden. Deshalb rollte der erste litauische Zug langsam zum Bahnhof Virbalis und blieb häufig stehen, weil die Maschinisten Bäume fällen mußten, um die Dampflok zu heizen.

Übrigens war die mit Holz befeuerte Dampflokomotive keine litauische Erfindung. Diesen Treibstoff verwendeten auch die teuersten Züge, die schon vor dem Ersten Weltkrieg durch Rußland fuhren. Daran erinnert sich jedenfalls Vladimir Nabokov in »Erinnerung, sprich!«. *Der Nordexpreß, in jenen Tagen noch groß und herrlich (nach dem Ersten Weltkrieg, als sein elegantes Braun zu einem neureichen Blau wurde, war er nie wieder der gleiche), bestand ausschließlich aus solchen Wagen, verkehrte nur zweimal die Woche und verband St. Pe-*

tersburg mit Paris. Ich hätte gesagt: direkt mit Paris, wären die Reisenden nicht genötigt gewesen, einmal in einen ihm oberflächlich gleichenden Zug umzusteigen – an der russisch-deutschen Grenze (Werschbolowo-Eydtkuhnen), wo die normale europäische Spurweite von 1 m 435 mm die breite und behäbige russische von 1 m 524 mm ablöste und Kohle an die Stelle der Birkenscheite trat.

Neues Leben wurde dem Bahnhof Virbalis auch dadurch eingehaucht, daß Litauen nach der Okkupation von Vilnius die diplomatischen Beziehungen mit Polen abbrach und der einzige Weg nach Westeuropa durch Virbalis führte. Die vormalige Route St. Petersburg–Berlin wurde durch die Strecke Riga–Berlin ersetzt, die für die Litauer, Letten und Esten nicht weniger bedeutsam war als für die Russen, die zwischen Westeuropa und Sowjetrußland hin und her reisen durften.

Einem von ihnen, dem Komponisten Sergej Prokofjew, hat sich auf seiner Reise nach Sowjetrußland im Jahre 1927 am stärksten die langsame litauische Eisenbahn eingeprägt:

Morgens in Eidtkuhnen, an der ehemaligen russischen Grenze, der jetzigen Grenze zwischen Deutschland und Litauen. Umsteigen vom Spezialwagen auf den normalen. Kalt und frostig. [. . .] Die Litauer sind höflich und ruhig und sprechen russisch, als wäre man nicht in Litauen, sondern in Rußland. Der Zug schleppt sich mühsam voran. In alten Zeiten bewegte er sich auf dieser Strecke anders. Im Speisewagen sprach mich Piotrowsky an – ein Tenor [Kipras Petrauskas, der berühmteste litauische Tenor der Zwischenkriegszeit, M. I.]*, der irgendwann mit mir zusammen am Konservatorium studiert hatte. Er ist Litauer, wie sich herausstellte, und in Anbetracht der musikalischen Ärmlichkeit Litauens der erste Musiker in seinem Land.* [. . .] *Ein lan-*

ger und langweiliger Tag. Der Zug schleppt sich zäh voran ... Ich frage Piotrowsky, warum unser Zug so kriecht. Er antwortete philosophisch: »Sehen Sie, das Land ist klein. Je langsamer man durchfährt, um so größer wirkt es.«

Das kleine Land ging mit dem großen Bahnhof recht klug um, viel klüger als später die große UdSSR, die zum neuen Hausherrn in Virbalis wurde. Die Bahnhofsbauten, die wegen des geringeren Menschen- und Güterstroms nutzlos geworden waren, wußte man in der Zwischenkriegszeit den Bedürfnissen der Stadt anzupassen. Im Bahnhof ließen sich verschiedene Einrichtungen nieder, die mit der Eisenbahn nur so viel zu tun hatten, wie das Städtchen Kybartai überhaupt mit ihr verbunden war. In den einstigen Appartements des Zaren befand sich das Stadtgericht, und in der großen Bahnhofshalle, deren Dach eine gläserne Kuppel schmückte, feierten die Einwohner von Kybartai Silvester und andere wichtige Feste. Wenn nötig, wurde die Halle auf die Bedürfnisse der damals in der Entwicklung begriffenen zweiten Religion Litauens eingestellt: des Basketballs. Ein alter Freund von Väterchen, Leonas aus Kybartai, war 1939 unter den Zuschauern, als sich die litauische Basketballnationalmannschaft zweimal auf dem Weg ins Ausland in der Bahnhofshalle von Kybartai einem Freundschaftsspiel mit der Mannschaft von Kybartai stellte. Als Pranas Lubinas, der litauische Mittelfeldspieler mit Erfahrung in der amerikanischen National Basketball Association, den Ball von oben in den Korb warf, schrie das Publikum erstaunt auf. So ein Wunder hatte hier noch keiner gesehen.

Für die erwachsenen Einwohner von Kybartai war der Bahnhof die Haupteinnahmequelle und für die Kinder ein gigantischer Vergnügungspark, der das ganze Jahr geöffnet hatte. Die Bahnhofspolizei vertrieb barfüßige oder in Holzpantoffeln herumlaufende Halbwüchsige, so daß die Kinder sich ihre nur für Feiertage vorgesehenen Schuhe anzogen, um den Zug Riga–Berlin zu empfangen. Dann umringten sie die Wagenfenster und malten mit den Fingern ein Rechteck in die Luft, was soviel hieß wie »liebe Ausländer, die wir eure Sprache nicht sprechen, schenkt uns eine Postkarte mit einem Bild aus dem Ausland«. Und so ergänzte jeder Nord-Ost-Expreß die Sammlung der Kinder von Kybartai mit immer neuen Ansichten von europäischen Städten.

Im nördlichen Teil des Bahnhofs befand sich ein wunderbarer Park, den die Ortsansässigen Eisenbahngarten nannten. Mit Tennisplätzen und sogar einer Bowlinghalle. Der wichtigste Akzent des Eisenbahngartens aber war eine hohe, mit Linden bepflanzte Anhöhe, wo abends ein Blasorchester spielte, auf dem kleinen Platz davor tanzten die Paare. Im Winter legte man auf diesem Platz und den Wegen ringsum eine Eisbahn an. Dann war der Eisenbahngarten eine große, von Laternen beleuchtete Eisfläche.

Die höchsten Repräsentanten des Staates besuchten auch weiterhin das Grenzstädtchen. Der autoritäre litauische Präsident Antanas Smetona war zwei Mal in Kybartai, unter völlig verschiedenen Umständen. Beim ersten Mal wurde die wichtigste Magistrale der Stadt, die Alte Burgstraße (Senapilė Straße) in Antanas-Smetona-Allee umbenannt. Als er im Jahr 1940 das zweite Mal herkam, hatte die Sowjetunion Litauen besetzt. Über die Straße seines eigenen Namens versuchte er, ins westliche Exil zu entkommen, wurde aber festgehalten und war gezwungen, über die Liepona zu fliehen, ganz in der Nähe des Friedhofs, wo heute Baba und Väterchen ruhen.

Das Ende

Im Jahre 1940 kehrten die alten Herren, die Russen, zurück in den Bahnhof von Kybartai, mit der neuen sowjetischen Ideologie. Und noch ein Jahr später begann hier der Krieg. Die Nazis nahmen das Städtchen ohne Schwierigkeiten ein. Am längsten widerstanden die russischen Grenzsoldaten, die sich in der Kommandantur eingeschlossen hatten. Ihr Maschinengewehrfeuer hinderte die Nazikolonnen tagelang am Marsch über die Hauptstraße von Eydtkuhnen nach Kybartai. Schließlich zerstörte ein gepanzerter Militärzug die Kommandantur bis auf die Grundmauern.

Achtundvierzig Jahre später werden die Litauer dort, wo die gesprengte Kommandantur stand, ein Denkmal für die sowjetischen Grenzsoldaten errichten. Das Denkmal stellt einen gestreiften Grenzpfahl dar und steht weniger als hundert Meter vom Flüßchen Liepona entfernt, weshalb die späte Sowjetmacht darin eine symbolische Loslösung Litauens von der Sowjetunion gesehen hat. Eine Grenze ist vieldeutig.

Als der Bahnhof zum zweiten Mal Wirballen hieß, gestaltete sich das Leben in Kybartai mehr oder weniger genau so wie in ganz Litauen. Alle Juden, die es nicht mehr geschafft hatten, nach Osten zu fliehen, wurden erschossen. Und mit ihnen zusammen etwa ein Dutzend litauischer Kommunisten. Dem Rest bereitete die Okkupation keine größeren Schwierigkeiten. Junge Männer, die nicht in die Naziarmee einberufen werden wollten, bemühten sich um Arbeit im

Bahnhof, die in jener Zeit dem Militär gleichgestellt war, d. h. man leistete dort gleichsam Kriegsdienst. Leonas erhielt eine Anstellung als Funker. Er morste Informationen über eintreffende und abfahrende Züge nach Alvitas, die nächste Bahnstation im Osten. Sein Kollege hielt dieselbe Verbindung nach Eydtkuhnen aufrecht.

Es schien als würde der Bahnhof zum zweiten Male überleben.

1944 verschob sich die Front zurück nach Westen. Die Rote Armee, die sich in zwanzig Kilometern Entfernung eingegraben hatte, bombardierte Eydtkuhnen mit Artilleriegeschützen. Kazimieras, der Vater meiner ehemaligen Lehrerin Frau Genovaitė, war Weichensteller im Bahnhof Virbalis und hatte an jenem Schicksalsabend Wachdienst. Ein Deutscher namens Ehse (ob dies sein Vor- oder Familienname war, wird keiner mehr in Erfahrung bringen) lief, ohne sich vor Kazimieras zu verstecken, alle elektrischen Verteiler des Bahnhofs ab und verknüpfte irgendwelche Leitungen. Dann riet er Kazimieras, nach Hause zu gehen, seine Familie einzusammeln und mit dem letzten Transport nach Deutschland zu fliehen. Als Kazimieras nach Hause kam, beschossen sich am Himmel bereits die Flieger. Der Transport ging ohne ihn ab.

Sowjetische Kampfflieger, die an der Schlacht bei Kybartai teilgenommen haben, berichteten später, daß sie den Befehl erhalten hatten, den Bahnhof von Eydtkuhnen und andere Eisenbahnknotenpunkte in Ostpreußen zu zerstören. Die Bombardierung des Bahnhofs Virbalis erwähnte kein einziger. Die Einwohner, die in der Stadt geblieben waren, verbargen sich in jener Nacht in ihren Kellern, also konnte keiner sehen, welches Schicksal den Bahnhof ereilte.

Der imperiale Bahnhof Werschbolowo wurde in der Mitte des neunzehnten Jahrhunderts als Bahnhof der höchsten Kategorie auf russischen Befehl errichtet. Es war ein französisches Projekt, ausgeführt von Deutschen. In der Mitte des zwanzigsten Jahrhunderts wurde er vermint und in die Luft gejagt – entweder von dem Deutschen Ehse oder von russischen Bombern, denen die Kampfflugzeuge der berühmten französischen Staffel Normandie-Njemen Begleitschutz gaben.

Der Bahnhof existierte 83 Jahre lang. Ein sehr menschliches Alter.

Die Postwerschbolowo-Epoche

Die nach Kybartai vorgestoßenen sowjetischen Truppen fragten die Ortsansässigen, ob denn hier noch nicht Deutschland sei. Litauen hatte damals den Status einer von den Nazis okkupierten Sowjetrepublik, d. h. es handelte sich hier gewissermaßen um eigenes Staatsgebiet. Deutscher Boden begann gleich jenseits des Flüßchens Liepona, bei dessen Überquerung der letzte litauische Präsident sein Bein etwas benetzt hatte und den ich selbst beim Transport des Kupfers viele Jahre später sogar noch erfolgreicher überwand.

Das Flüßchen ist schmal, doch das rettete die dahinter ansässigen Deutschen nicht. Eydtkuhnen war die erste deutsche Kleinstadt auf dem Weg der Roten Armee. Und dort entlud sich der ganze Zorn, der sich in dieser Armee im Laufe von drei Kriegsjahren angestaut hatte.

Seit es den Bahnhof Werschbolowo gab, waren Kybartai und Eydtkuhnen so etwas wie Zwillingsstädte gewesen.

Deutsche Frauen aus Eydtkuhnen stellten sich morgens am Grenzübergang an, um vor den einheimischen Frauen auf dem Markt von Kybartai anzukommen. Die Litauerinnen gingen zum Einkaufen in die Geschäfte von Eydtkuhnen. Die europäische Mode kam zuerst nach Kybartai und verbreitete sich erst später in ganz Litauen und Rußland.

Als die Front vorübergezogen war, kamen gespenstisch abgerissene und ausgehungerte deutsche Frauen mit genau so gespenstischen, verlausten Kindern heimlich nach Kybartai. Sie baten um Almosen und versuchten, ihre Kinder abzugeben. Die Leute von Kybartai wichen ihnen aus. Doch hin und wieder nahmen sie die Kinder zu sich. Aber nur größere, die in der Landwirtschaft arbeiten konnten.

Als ein einfacher sowjetischer Soldat mit seinem Gewehr die Strohpuppe der Genovaitė durchbohrte, das Spielzeug als »faschistische Puppe« verfluchte und mitnahm, bekam das dreijährige Mädchen einen hysterischen Anfall. Der russische Soldat schenkte ihr einige Tage später als Entschuldigung eine schmucke Ballerinapuppe, zu jener Zeit eine Art Barbie. Und ihrer Mutter Anelė, der Frau des Weichenstellers Kazimieras, auch noch einen Satz Tischtücher mit der aufgestickten Jahreszahl »1904«. Als Anelė den Soldaten beschimpfte, er plündere die Häuser von Eydtkuhnen aus, erklärte ihr der verwirrte Russe, daß hinter der Liepona niemand mehr diese Sachen braucht.

Dort war Feindesland, das vernichtet werden mußte. Sowjetische Soldaten verkauften sogar die Häuser und Brunnenkränze von Eydtkuhnen. Eine Flasche Schnaps für ein Haus in Eydtkuhnen – das war damals ein üblicher Preis. Die Häuser trug man ab und brachte sie nach Litauen.

Der zerstörte Bahnhof Virbalis mußte ein weiteres Mißverständnis über sich ergehen lassen. Nachdem er einhundert Jahre lang an der Grenze zu Deutschland gestanden und fälschlicherweise Werschbolowo geheißen hatte, obwohl er mit dem wirklichen Virbalis nichts zu tun hatte, wurde er nun ein weiteres Mal verwechselt. Die neuen sowjetischen Hausherren erhielten von ihren Vorgesetzten den Befehl, den stark zerstörten Bahnhof von Eydtkuhnen abzureißen. Statt dessen trugen sie den Bahnhof Virbalis ab. Es heißt, er sei eigentlich in einem gar nicht so schrecklichen Zustand gewesen, es hätte nicht allzu viel Mühe und guten Willens bedurft, ihn wieder instand zu setzen. Als die Vorgesetzten anreisten und begriffen, daß sie einen Fehler gemacht hatten, schrien und gestikulierten sie wild herum, aber es war schon zu spät. Mit einem Teil der Mauern füllte man die Keller auf, einen Teil transportierte man ab; die Trümmer der einstigen Mauern aber lagen noch lange auf dem Gelände des Bahnhofs herum. Aus ihnen wurde später ein kleiner Bahnhof gebaut, an derselben Stelle. Man baute ihn sogar im alten Stil auf, aber die Dimensionen waren ganz andere.

Als mein Großvater Bahnhofsvorsteher in Virbalis wurde, schrieb man schon das Jahr 1950. Der Bau des orangeroten Hauses begann 1956. Noch immer bediente man sich aus den Trümmern des alten Bahnhofs Werschbolowo. Väterchen trug mit seinem Bruder die Reste der Mauern ab, kratzte den Putz von den Steinen und verbaute sie dann. So löste sich das riesige zaristische »Werschbolowo« allmählich in den neuen Bauten des Städtchens auf. Und im Jahr 1965 verschwand auch sein Name. Das große Mißverständnis war zu Ende.

Selbst heute wird man das Gefühl nicht los, daß Kybartai auf den Resten einer untergegangenen Zivilisation steht. Die heutige Zivilisation ist weder besser noch schlechter als die alte, sie ist einfach eine andere. Als jüngst das neue Zollamt gebaut wurde, stieß man auf die Keller des alten Bahnhofs von Werschbolowo. Gemauerte Tunnel führen weit weg, irgendwohin, hinter die Grenze, wo früher Ostpreußen war und heute das Kaliningrader Gebiet liegt. Es ist unklar, wozu sie benötigt wurden: für Schmuggel oder Spionage oder etwas anderes. Es war eine geheimnisvolle Zivilisation. Und die gewöhnliche Welt des einstigen Werschbolowo erweckt heute den Anschein, als stehe sie kopf. Einst endete hier Rußland, und hinter dem Flüßchen begann das Ausland. Nun ist hier das Ausland, und hinter dem kleinen Fluß beginnt Rußland.

Aber aus dieser alten Zivilisation, die über die ganze Welt verstreut wurde, kommt manchmal jemand zurück. So hielt vor zehn Jahren an Gražinas Hoftür ein Auto, eine Jüdin aus Chicago stieg aus und fragte, ob sie barfuß über den Hof laufen dürfe. Sie durchquerte den Hof und sagte, jetzt sei sie wirklich noch einmal in ihrer Heimat gewesen. Sie war in der Zwischenkriegszeit in diesem Hof aufgewachsen. Ihr Vater war Leiter des Elektrizitätswerks des Bahnhofs von Virbalis gewesen. Sie gab Gražina zwanzig Dollar und fuhr wieder fort.

Nach dem Krieg war Gražinas Mann Jurgis der Chef des Elektrizitätswerks. Mein Väterchen liebte es, ihn dort abends zu besuchen. Baba kam dann durch einige Höfe gelaufen und jagte ihn nach Hause. Als meine Eltern heirateten, verbrachten sie die Hochzeitsnacht im Elektrizitätswerk. Am anderen Morgen stiegen die Hochzeitsgäste durchs Fenster ein und wollten den Brautschleier stehlen.

Mama war böse, weil sie die örtlichen Bräuche nicht kannte.

Wie meine Großeltern, so liegt auch Jurgis längst auf dem Friedhof. Gražina lebt jetzt mit Antanas zusammen. Und sieht weiter nach dem alten Elektrizitätswerk aus der Zarenzeit – dem wohl letzten Relikt des Bahnhofs Werschbolowo.

Die Zarenwanne aber wurde gestohlen. Sie stand im Hof, und die Bewohner waren gerade nicht zu Hause. Sie kamen nachts und schleppten sie weg. Die Reifenspuren sind noch sichtbar. Es muß ein großes Fahrzeug gewesen sein. Vielleicht sogar ein Laster.

Die Sehnsucht

Die Leute von Kybartai, die einige Jahrhunderte lang an der Grenze zu Deutschland lebten, unter ortsansässigen Deutschen und manchmal auch unter deutscher Herrschaft, haben eine Redewendung. Wenn es irgendwo an Ordnung mangelt, sagen sie: »Ein krummer Preuße muß her.« Denn ein gerader Preuße ist ein deutscher Soldat, ein krummer ist ein Zivilist. »Ein krummer Preuße« hat seinen nationalen und politischen Sinn verloren und steht heute nur noch für Ordnung. Das Städtchen wirkt jetzt erschöpft, und den krummen Preußen suchen die Leute von Kybartai unter den litauischen Städtern.

Die Jugend geht nach Irland oder Großbritannien, um Geld zu verdienen.

Andere leben auch weiterhin »von der Grenze«. Heute ist Benzin das wichtigste Schmuggelgut. Im Kaliningrader

Gebiet ist es viel billiger. Legal darf man mit einem voll getankten Auto über die Grenze fahren. Wenn jedoch die Zöllner am Geschäft beteiligt werden, dann kann es schon klappen mit ein bißchen mehr Benzin. Nur muß man dafür einen halben Tag Schlange stehen, überall buckeln und jedem etwas zahlen, der eine Uniform trägt. Das Los der Schmuggler ist schwer.

Die Vielzahl von Religionen und Konfessionen vor dem Krieg stellt sich allmählich wieder ein, nur in neuer Gestalt. Juden gibt es in Kybartai keine mehr. Und auch keine deutschen Lutheraner oder Reformierte, die letzten Orthodoxen sterben aus. Die einzige Kirche, die etwas ernsthafter besucht wird, ist die katholische. Aber es entstehen neue: die neuapostolische und die methodistische. Die mißtrauischen Einwohner von Kybartai meinen, daß der deutsche, britische und amerikanische Geheimdienst in dieser Maskierung in die Stadt eindringen. Die alte russische Kirche, die alle Kriege überstanden hat, steht leer. Der orthodoxe Pope aus Klaipėda kommt nur noch herüber, wenn es eine Beerdigung gibt. Im Hof der orthodoxen Kirche läuft ein Boxer herum. Die Kirche wird vom ehemaligen Gefängnisdirektor von Kybartai bewacht. Dies ist das Nest eines weiteren Geheimdiensts, des russischen, glauben die Stadtbewohner.

Für einen Außenstehenden klingt das alles recht naiv, für die seit Jahrhunderten im Grenzgebiet lebenden Leute von Kybartai aber sind die verschiedenen Geheimdienste offenbar genau so normal und alltäglich wie Brot und Salz. Es heißt, der Wasserturm, der im Zuge des Bahnhofsbaus von Werschbolowo errichtet wurde und an dem die Dampfloks ihren Wasservorrat auffüllten, sei für seinen Zweck eigentlich viel zu hoch, er müsse wohl noch eine andere Funktion gehabt haben, Spionage nämlich. Als die Eisenbahner vor einigen Jahren das neue Zollgelände herrichteten, fanden sie neben dem existierenden Wasserturm das Fundament eines zweiten, viel größeren. Vielleicht stand ja eben dort jener andere Turm mit der doppelten Bestimmung.

Die alte Werschbolowo-Zivilisation lebt in Kybartai auch in den Namen weiter. Direkt an der Grenze zum Kaliningrader Gebiet steht ein klotziges Mietshaus vom Anfang des vergangenen Jahrhunderts. Alle nennen es Paris. Ein anderes, das näher am Bahnhof liegt, heißt Berlin. Die Leute von Kybartai reden auch so: »Ich wohne in Paris« oder »ich gehe nach Berlin«. Vom örtlichen Paris über das örtliche Berlin bis zum Bahnhof sind es nur wenige Minuten zu Fuß. Man läuft diese Strecke und fühlt sich, als sei man soeben mit dem berühmten Nord-Ost-Expreß angekommen.

Nördlich des Bahnhofs, dort wo früher der Park mit dem Blasorchester war, befindet sich heute ein Eisenbetonwerk. Dahinter liegt Užgelžkelis, auf deutsch so etwas wie »Hintergleis«. Das ist mein Stadtteil. Die Leute von Užgelžkelis hielt man in Kybartai schon immer für Menschen zweiter Klasse. Vielleicht weil sie auf dem Weg ins Stadtzentrum unter den hier abgestellten Eisenbahnwaggons hindurchkriechen mußten. Dafür steht dort jetzt eine Brücke, die hoch über dem Bahnhof aufragt. Man geht auf ihr und fühlt sich wie ein Mensch erster Klasse.

Unsere Straße heißt jetzt »Darius-und-Girėnas-Straße«, nach den beiden litauischen Piloten, die in der Zwischenkriegszeit auf dem Transatlantikflug verunglückt sind. Auch ich betrete, wie jene alte Jüdin aus Chicago, den Hof meiner

Großeltern. Der Hof hat sich kaum verändert. Neben dem alten Gewächshaus meines Großvaters stehen zwei weitere – in allen wachsen Blumen. Für die neuen Hausbewohner ist die Blumenzucht nicht mehr nur ein Hobby, sondern auch ein Geschäft. Auf dem Zaun ist Stacheldraht. Der Hausherr beklagt sich, daß ortsansässige Gauner über den Zaun klettern und Metall stehlen. Er hat zur Abschrekkung sogar eine Alarmanlage angebracht: ein elektronischer Mechanismus, der auf die kleinste Bewegung reagiert und das Gebell eines großen Hundes auslöst. Es ist nur eine Tonbandaufzeichnung. Der Hausherr hat lange nach einem Hund mit dem passendem Timbre gesucht. Er entschied sich für einen Bernhardiner.

Ich trete ins Haus. Im Obergeschoß ist dasselbe Klappbett an der Wand. Dasselbe Zimmerchen zur Straße, in dem ich einst schlief. Im Eßzimmer, wo wir Babas spezielle Brühe mit Nudeln, Koteletts und das Dessert mit gebackenen Äpfeln gemampft haben, wirkt alles ungewohnt klein. Ich fragte sogar nach, ob hier nicht etwas umgebaut wurde. Nein, es sei nichts umgebaut worden, rechtfertigten sich die Bewohner, als gehöre ihnen das Haus nicht. Sie führten mich sogar zur Toilette und zeigten mir unseren alten Wasserkessel, der, wenn man am Seil zieht, das Wasser fließen läßt und alles fortspült. Das Klosett haben sie ersetzt, aber den Kessel behalten.

Ich bedanke mich und verlasse das Haus. Ich habe ein seltsames Ritual vollzogen. Nun kann auch ich meinen bescheidenen Anteil zur allgemeinen Werschbolowo-Nostalgie beisteuern. Auch für mich ist es bereits verlorener Boden. Was sind wir doch sentimental.

Aber die hiesigen Eisenbahner sagen, bald würde hier

wieder der Zug Petersburg–Berlin durchfahren. Und vielleicht reimt dann wieder jemand nostalgisch:

Wenn ich sie einmal wiedersehen sollte
Die Gepäckträger, die Aufschrift Werschbolowo …

Doch nein, so wird wohl nie wieder gedichtet werden. Denn alles wiederholt sich, nur nicht die Zeit.

Aus dem Litauischen von Claudia Sinnig

Wojciech Kuczok

WIE WIR DEN KOMMUNISMUS NICHT ABSCHAFFTEN

Nach dem dreizehnten Dezember wurde mein Vater von Verwünschungen gebeutelt, die nie in Erfüllung gehen sollten, und er dachte sich jeden Tag die verschiedensten, nie realisierten Formen von Protest gegen das System aus, als wollte er sich vor uns rechtfertigen, daß es niemandem in den Sinn gekommen war, ihn zu internieren. Als der Kriegszustand banaler Alltag geworden war, beschloß Vater, mein Schuljahr zu verkürzen. Zwar nahm er mich nicht aus der Schule, hieß das Schwänzen nicht gut und achtete streng auf meine Fortschritte beim Lernen, aber er ordnete an, ich solle alle offiziellen Feierlichkeiten konsequent meiden, weil, wie er behauptete, jeder Anlaß dieser Art ein glänzendes Betätigungsfeld für Indoktrinatoren sei, weil alle Festveranstaltungen, Appelle, Eröffnungen und Abschlußfeiern dazu dienten, der Jugend den Kopf zu verdrehen mit diesem, wie er sagte, Gefasel, Geschwätz und Sprechdurchfall, die unbestrittenen Vorzüge des Sozialismus betreffend (Vater konnte seine Zunge nie im Zaum halten, wenn er über das Regime redete; Mutter war sauer, daß er so fluchte, nicht nur beim Frühstück, sondern auch vor dem Kind, aber er behauptete, eine vulgäre Wirklichkeit könne man nur mit einem vulgären Wortschatz beschreiben). Als die Noten feststanden und die Zeit der Vertretungen, des verkürzten Unterrichts und der Ausflüge zum Denkmal der Rotarmisten begann, war mein Vater der Meinung, auf die Ausgabe der Zeugnisse müsse ich nicht warten.

»Es reicht, mein Sohn, diese roten Socken bringen dir jetzt nichts mehr bei, wir fahren in Urlaub.«

Die Gefahr, daß sich meine Note in Betragen verschlechtern könnte, ignorierte er, in einem unterdrückten, besetzten Land, sagte er, das sich zudem seit einem halben Jahr in einem Zustand außergewöhnlicher Ratlosigkeit befinde, gehöre es sich nicht, eine gute Note in Betragen zu haben, gute Noten in Betragen hätten nur künftige Konformisten; im künftigen freien Polen, das er nicht erleben werde, aber ich und mit Sicherheit meine Kinder, würden sich die Leute bestimmt nicht mit positiven Zensuren für Betragen rühmen, die sie in Zeiten des Terrors, der Lüge und Verachtung erhalten hätten etc. Vater verfiel um so leichter in seine antikommunistische Suada, je heftiger die ordinäre Alltäglichkeit die Menschen erfaßte, die sich langsam, aber unvermeidlich an das neue Stadium der Trostlosigkeit und den Mangel an Perspektive gewöhnten. Je stiller die Leute wurden, um so verbissener quatschte er, je mehr alle sich abfanden und abstumpften, desto wütender drohte er mit der Faust, hetzte und rief zum Kampf auf, natürlich nur hinter der verschlossenen Tür seines Hauses, nur uns galt das, den Hausbewohnern, vor allem mir, der ich soeben die dritte Klasse der Grundschule absolvierte, mit beschämend guten Ergebnissen (er lobte mich ohne Enthusiasmus, als bedauerte er, daß ich nicht am illegalen Unterricht teilnahm, keine Schüleropposition gründete, sondern meine Lese- und

Schreibkenntnisse an Texten vervollkommnete, die das kommunistische Bildungsministerium ausgesucht hatte) – nur uns rief er zum Widerstand auf, mich und meine Mutter, die von Berufs wegen die Pflichten der Hausfrau erfüllte.

Der Kampfgeist in unserem Haus hatte also keine Chance zu erlahmen, Vater zeigte mir bis zum Abwinken die Waffenexemplare, die er nicht abgegeben hatte, als es befohlen worden war – stolz auf seinen Ungehorsam und sich darauf berufend als Beispiel für seine Zivilcourage, dabei handelte es sich nur um den Bergarbeitersäbel des Großvaters und eine Schrotflinte für den Sportgebrauch. Er tätschelte, staubte ab und polierte mit einem Lappen auf Hochglanz – und wir hatten von der Existenz dieses Säbels und dieser Pistole keine Ahnung gehabt, lagen sie doch jahrelang zwischen irgendwelchem Gerümpel im Keller herum; an den Säbel des Großvaters konnte sich Vater ja noch erinnern, die Auffindung der Schrotpistole dagegen, die er seit der Zeit seiner Jugendspiele nicht benutzt hatte, war ein Ereignis von historischem Rang: Das war wahrhaft illegale Passivität, das konnte man geradezu als umstürzlerische Unterlassung verstehen; ohne aus dem Haus zu gehen, ja, ohne die Fenster zu öffnen oder die Vorhänge aufzuziehen, wurde Vater zum Verschwörer, zwar waren von dem Schrot nur leere Schächtelchen übrig und mit dieser Vogelscheuche hätten wir unter keinen Umständen einen Aufstand gewonnen, aber Vater behauptete hartnäckig, diese Waffe habe symbolische Kraft, hier gehe es nicht um Patronen, hier gehe es um die Idee, und ich sei zu jung, um das zu verstehen.

Anfang Juni kehrte ins Volk leichte Bewegung, Erregung, Erwartung ein, plötzlich reckten alle den Hals, als hätten sie hinter den Hügeln ein Trompetenecho vernommen, doch da war noch nicht die Erhebung des knienden Volkes und das gemeinsame Verprügeln des Feindes zu ahnen, da wurde keine neue Welle von Streiks und Manifestationen vorbereitet, obwohl sie vielleicht sogar vorbereitet wurde, man vielleicht ja solide kämpfen wollte, doch die sogenannte Mehrheit der Gesellschaft war aus ganz anderen Gründen innerlich am Zittern und Flattern, in jenen Tagen bildete sich eine andere Gemeinschaft, die ein neues nationales Dilemma erörterte: Jeden Moment sollte die Fußballweltmeisterschaft beginnen, Polen würde teilnehmen – sollte man zuschauen und anfeuern oder nicht? Wen würde der Kader in Spanien repräsentieren: die Unterdrücker oder die Unterdrückten? Die tüchtigsten, ausdauerndsten und verbissensten Antikommunisten, die Radio, Fernsehen, Theater, Kino und die öffentlichen Verkehrsmittel boykottierten (weil die Busse rot waren), diejenigen, die schon lange ihre Fernsehgeräte aus der Wohnung geschafft hatten, verspürten plötzlich Trauer, und je näher die Eröffnung der Weltmeisterschaft rückte, desto lauter seufzten sie, zerrissen zwischen eiserner Konsequenz und der Leidenschaft des Fans. Vater war seinen Fernseher kurz nach dem Teletubbie-Auftritt des Generals losgeworden, und jetzt, angesichts der näher rückenden WM, verspürte er zum ersten Mal Bedauern, ja sogar Panik, denn wie sollte man hier nicht emotional werden, wie konnte man der Möglichkeit entsagen, Zeuge dessen zu werden, was da kommen würde: Unsere Jungs, oder wie man in Schlesien sagte, die »Poloki«, fuhren los, um die WM zu gewinnen, das heißt, Weltmeister zu werden; der Trainer aus Chorzów sollte die Nationalmannschaft an die Spitze bringen, diesmal ganz sicher, aller guten Dinge sind drei; was Górski und Gmoch fast gelungen wäre, sollte jetzt unser Bub, unser Antoś aus Hajduki erreichen. Mein Vater, der für gutnachbarschaftliche Beziehungen noch nie berühmt war, hätte also keinen Ort, wo er die WM anschauen könnte, daher mußte auch ich damit rechnen, von dieser ersten Veranstaltung, die ich mit Spannung erwartete, nur kümmerliche Berichte aus einem gestörten Radiosender zu erhalten, dem einzigen, den Vater tolerierte; das waren keine rosigen Aussichten, und ich dachte sogar schon daran, wie ich es anstellen könnte, mich zu Fußballabenden bei Kumpeln einzuladen, deren Alte zwar ihre Schwarzweißfernseher losgeworden waren, aber nur, um sich neue Farbfernseher zu kaufen; ich begann mich sogar schon einzuschleimen in den Pausen, indem ich quasi uneigennützig Bobofrut-Säfte anbot, bibliophile Ausgaben der Goldenen Tiger auslieh, die ich nicht zurückwollte, scheinbar unüberlegte Tauschaktionen von Sammelobjekten vorschlug, die wertvollsten Plastikfigürchen polnischer Könige und Fürsten gegen diejenigen tauschte, die am leichtesten zu bekommen waren, ja, ich war sogar bereit, den Propeller an meiner eigenhändig zusammengeleimten Spitfire abzureißen und ihn einem Kumpel zu schenken, dem das Ding beim weihnachtlichen Aufräumen kaputtgegangen war – die Bandbreite der Opfer, die ich zu bringen fähig gewesen wäre, nur um zu sehen, wie unsere Jungs bei der Weltmeisterschaft spielen, schien keine Grenzen zu haben.

Italien-Polen-Peru-Kamerun, diese Zauberformel klang in meiner Birne wie ein Mantra, diese Reihenfolge, diese Gruppe hatten wir gezogen, und von der »Welt der Jugend« bis zur »Flagge der Jugend«, vom Meer bis zum Meerauge, quer durch das ganze Land wurde diese Phrase wiederholt, dieser einfallsreiche Vierzeiler, dieses syllabotonische Meisterwerk, dieses Haiku, das Emotionen versprach, die wohl nur mit dem Öffnen eines versiegelten Pakets aus dem Reich zu vergleichen waren – ich stellte mir die Leiden gar nicht erst vor, die mir das Nicht-Anschauen dieser Weltmeisterschaft bereiten würde, ich wollte gar nicht an die Qualen denken, obwohl ich keine Ahnung hatte, wie ich ihnen entgehen konnte – so wie der Mensch nicht an den Tod denkt, obwohl er weiß, daß er ihn unausweichlich erwartet; der Gedanke an den unausweichlichen Tod konnte mich bei weitem nicht so schrecken wie der Gedanke an die versäumten Übertragungen, an all die Spiele, die ich nicht sehen würde.

Als mein Vater verkündete, wir würden früher in die Ferien fahren, erreichte die Verzweiflung zunächst ihren Höhepunkt, denn alle Einschleimpläne wären für die Katz, ich würde weit weg sein von den Kumpeln und ihren »Rubinen« mit der heiseren Stimme von Ciszewski, und als sich dann herausstellte, wir würden in ein Dorf in den Bergen fahren, wanderten meine Gedanken, da ich das Dorf bisher nur aus der Schullektüre kannte, hin zu barfüßigen Schweinehirten, zu strohgedeckten Hühnerställen, zu Tennen und Ofenbänken. Die Hoffnung, daß sie dort auf dem Land einen Fernseher haben könnten, ja, daß sie überhaupt etwas von Gruppensport wissen, war äußerst gering, es sah danach aus, als würden wir uns definitiv von der Zivilisation verabschieden, und ich würde nicht einmal die trockenen Ergebnisse in mein Heftchen eintragen können, denn auf dem Land würde es todsicher nicht einmal Zeitungen geben, wer würde denn da schon lesen können unter diesen Ziegenmelkern, Musikanten und Anielkas.

Wir fuhren am Tag der Eröffnung; unsere Jungs waren

zwar noch nicht dabei, aber schon sollten die alten Meister jenseits des Ozeans ihre Klasse beweisen, schon wurde darüber geschrieben und gesprochen, schon wurde gewartet, als wir den Weg nach Zakopane zurücklegten mit unserem alten, hier und da rostenden Fiat, der unter dem elfenbeinfarbenen Lack seine Narben versteckte (denn das eigentliche, das reine Weiß war in Volkspolen nicht zu bekommen, die Industrie war nicht imstande, Autolack in reinem Weiß zu produzieren, als hätte ein Fluch über den Fabriken gehangen, ein Makel, weiß der Geier, wolltest du ein weißes Auto, bekamst du direkt aus dem Polmozbyt ein nagelneues in Elfenbein – eine moderne Farbe, moderner als Weiß, Weiß wäre zu provokativ gewesen in diesem ewig getrübten, angegrauten, deprimierten Land, reines Weiß hätte ins Auge stechen können, daher wurde Altweiß angeboten, ästhetischer und weltmännischer auch Elfenbein genannt).

»Schau dir die Aussicht an, guck hin, hoch mit dem Kopf!«

»Guck, na schau doch, siehst du, wie schön!«

»Du sollst nicht lesen, was hast du da, du verdirbst dir die Augen, guck aus dem Fenster!«

»Dir wird mal wieder schlecht, laß das mit dem Lesen und schau, wie schön es ist!«

»Was für eine Natur! Wunderbar!«

»Das ist eine Gegend! Atemberaubend!«

Sie hatten natürlich recht, denn sobald wir uns die Serpentinen hochschraubten, schimmerte die Tatra durch die Wolken, und obwohl die Eltern erst vor Nowy Targ imstande waren, die Bergkämme von den Wolken zu unterscheiden, öffnete sich der Raum vor uns, und es war keine Kunst, sich für ihn zu begeistern, denn wie dem auch sei – im Alltag schrumpfte der Raum um uns her immer mehr, vor allem in dieser Situation ungewöhnlicher Ratlosigkeit, die über dem Land hing, wo Lebensmittel und Kleidung reglementiert waren, Telefongespräche kontrolliert wurden und abends Sperrstunde herrschte. An den offenen und grenzenlosen Raum konnte man sich nicht so einfach gewöhnen, Vater mußte das Auto anhalten, weil ihm schwindlig wurde, Mutter versuchte ihren Anfall von Agoraphobie durch Entzücken zu verdrängen, sie traten vors Auto, ergötzten sich und atmeten tief, und ich saß reglos auf dem Rücksitz, den »Schatz des Zuschauers« in der Hand, und zählte die Minuten bis zu dem verhängnisvollen Moment, denn das Eröffnungsspiel kam ebenso schnell näher, wie wir uns von der einzigen mir bekannten, städtischen Zivilisation entfernten. Ich heulte vor Ohnmacht: Wären die verfluchten Uniformierten nicht gewesen, hätte Vater den Fernseher nicht weggebracht; von den Eltern gefragt, warum ich es nicht genieße und die gute Luft einatme, sondern rumheule, antwortete ich, das kommt von den verfluchten Uniformierten, vom Kriegszustand, von dem blöden Kommunismus etc.; mein Vater war verblüfft, und in das Erstaunen schlich sich Stolz, daß so plötzlich und emotional der Antikommunist in mir erwachte; er streichelte und tröstete mich:

»Mach dir keine Sorgen, uns betrifft das nicht, wir haben Ferien. Außerdem beginnt die WM, freust du dich nicht? Wir werden uns die Spiele anschauen, unsere Jungs anfeuern ...«

Wie denn das, auf dem Land, da gibt's weder Wasserleitungen noch Strom, da hustet in der Bierstube der Antek, da fressen sie den Sauerampfer roh, direkt von der Wiese, heilen die Schwindsucht mit Ave-Marias; wie groß war mein

Erstaunen, meine Ungläubigkeit, als ich fragte, wo wir denn die Spiele anschauen könnten.

»Was heißt wo? Was denkst du denn, mein Sohn, warum ich dich früher von der Schule genommen habe? Warum ich uns gerade ab heute Urlaub verordnet habe? Denkst du, dein Vater ist auf den Kopf gefallen? Ich hab den Gastwirt gefragt, er hat geschworen, es gibt einen Fernseher, wenn er auch manchmal ein bißchen schneit, bei Föhn ... Ich bin ein konsequenter Mensch, mein Sohn, und wenn ich etwas sage, bleibt es dabei. Ich hab gesagt, solange diese Arschlöcher in Uniform, diese Tumanowiczs und anderes Geschmeiß uns einlullen, wirst du in unserem Haus keinen Fernseher finden! Aber unsere Jungs muß man schließlich anfeuern, wie könnte man sich einfach von ihnen abwenden, was hat denn Fußball mit Politik zu tun? Wir fahren in die Ferien zum Bergbauern, abends schauen wir die WM, und tagsüber atmen wir die gesunde Luft, umgeben uns mit schönen Aussichten, machen Spaziergänge und so weiter, und ich sag dir, mein Sohn, die Ferien werden dauern, solange unsere Jungs spielen, solange Polen nicht raus ist ...«

»Solange wir leben«, fügte Mutter hinzu, die den Dingen von größter Fußballbedeutung wie immer trotzig distanziert gegenüberstand.

Die ersten Spiele der Polen, als unsere Jungs Italien und dann Kamerun abtasteten, waren farblos: keine Poesie, keine technischen Kunststückchen, keine verrückten Sturmangriffe; Ohnmacht, Blockade, ansteckend übrigens, denn die Rivalen quälten sich genauso mit uns ab, wie wir von ihnen gequält wurden; die ersten Spiele der Nationalmannschaft verliefen unter dem Zeichen des Quälenden und Gequälten Polen. Mein Vater, der sich diesen Kampf aufgrund einer neu definierten patriotischen Pflicht ansah, war der Meinung, das sei eine symbolische Haltung – unsere Jungs spielten Trauerfußball zum Zeichen des Protestes gegen den Zustand des Zerfalls und der großen Trostlosigkeit, die das Vaterland knechteten, den Rivalen dagegen blieb nichts anderes übrig, als mit diesem Trauerzug Schritt zu halten. Als die Polen im Viertelfinale die Belgier vernichtend geschlagen hatten, begann mein Vater gegen Ende der zweiten Ferienwoche heimlich zu beten, daß unsere Jungs ehrenhaft rausfliegen mögen, denn wenn sie es ins Halbfinale schaffen würden, wäre er geschafft und würde ins Gras beißen, er konnte alkoholtechnisch nicht mithalten, und sich herauszureden und an weiteren Trinkgelagen der Bergbauern nicht teilzunehmen gehörte sich nicht; Mutter klagte, rang die Hände, wollte nach Hause, Vater beharrte darauf, diese Góralen würden für immer die Achtung vor ihm verlieren, wenn sie eine Schwäche in ihm witterten; seine Leber schwoll von Tag zu Tag, sein Blick wurde trüb, sein Schweiß sauer, sein Atem nervös und stinkend, aber er machte gute Miene zum bösen Spiel und sagte, es gehöre zum guten Ton, sich der Volkstradition nicht entgegenzustellen, die hiesigen Bräuche mitzumachen, mit den Wölfen zu heulen etc. Auf der Suche nach Rechtfertigungen für seine Abwesenheit begann er zu Gipfelausflügen aufzubrechen und verfluchte die Hindernisse, die jeden Bewohner des in diesem abweichenden, in diesem Ausnahmezustand befindlichen Volkspolens im Grenzgebiet erwarteten; sehnsüchtig blickte er zu den slowakischen Gipfeln, erinnerte sich an die Zeiten touristischer Tradition und benutzte alte Karten, auf denen die Grenze nur als dickerer Strich die Gebirgszüge durchlief (auf den neuen hörte die Welt an der Grenze auf, der dort verlaufende Rücken der Tatra war der Rand des Nichts, die neuesten topographischen Karten waren erschreckend leer, da gab es keine Beler Tatra, weder die Lomnitzer noch die Eistaler oder die Gerlsdorfer Spitze, es gab weder den Smokovec noch den Tschirmer See, nicht die Rohac-Gipfel noch den Osobita – hinter der südlichen Grenze gab es nach dieser differenzierten Karte gar nichts, einen weißen Fleck, Antimaterie, die Tatra war also Ultima Thule; wenn die Wolken tief hingen und die Berge verschwanden, wurden diese Karten erschreckend glaubwürdig). Doch es näherte sich ein ungewöhnliches Spiel, für meinen Vater das wichtigste Spiel, ein Spiel höchster Rangordnung, das Spiel der Spiele, das Spiel hoch über allen Spielen, mehr als ein Spiel – denn auf dem Weg zum Halbfinale kamen uns die Sowjets in die Quere. Aus diesem Anlaß wurden sogar die Verlottertsten nüchtern, wuschen sich und vertrauten sich der heiligen Jungfrau an, sogar die hartnäckigsten Ignoranten, die beim Pfeifen des Schiedsrichters zusammenzuckten, beschlossen, sich vor den Fernseher zu setzen, erklärten, das sei keine Angelegenheit des Fußballs oder auch der Politik, das sei eine Angelegenheit der nationalen Befreiung (eine ANGELEGENHEIT). Und so etwas konnte man sich nicht auf dem kleinen Fernseher des Bergbauern anschauen, nicht nur wegen der Unvollkommenheit des Bildes, kein Mensch wollte sich auf einem sowjetischen Apparat den Krieg mit den Sowjets ansehen, da mußte man schon scharenweise und feierlich Zeuge sein, am besten konspirativ, auf einem möglichst großen Bildschirm westlicher Produktion. Also im Pfarrhaus, im Religionssaal von Pfarrer Bździoch, der oft für die

Vorführung von religiösen Filmen benutzt wurde sowie von solchen, die der Staatsmacht aus verschiedenen Gründen unbequem waren: dann konnten Massen von Sommerurlaubern im Bewußtsein konspirativer Tätigkeit in den Ferien in Podhale das Minikino besuchen und auf abgenutzten Videokassetten *Jesus von Nazareth, Ben Hur, Doktor Schiwago*, aber auch neue Abenteuer von James Bond und zweitrangige Actionfilme anschauen, die lediglich aus dem Grund ausgewählt wurden, weil als negative Hauptfigur ein Russe auftrat, der im Finale von einem guten Amerikaner besiegt, häufig brutal, blutig und tödlich besiegt wurde, der Religionssaal reagierte dann besonders lebhaft, der Tod eines niederträchtigen Iwans erregte ungezügelte Euphorie bei den Zuschauern, die einen Moment später beim Abspann ein gemeinsames Gebet sprachen, ein von Pfarrer Bździoch, dem notorischen Russenhasser, entsprechend modifiziertes, improvisiertes Gebet: »Bewahre uns, Herr, vor der russischen Pest, vor Hunger, die rote Seuche verbrenne mit Feuer, laß uns den Krieg gegen die Sowjets gewinnen, diesen stillen Krieg, den unser gequältes Volk in den Seelen und Herzen führt, schenke uns in deiner Barmherzigkeit die Freiheit, nach der wir lechzen.« Für das Match gegen den Iwan richtete Bździoch den Saal entsprechend her, stellte eine zusätzliche Haushaltshilfe ein, um gründlich aufzuräumen und den Raum mit einer persönlich von ihm entworfenen Szenographie auszustatten; an die Wände kam eine hysterische Ausstellung, die die Kampfstimmung anheizen sollte, hier Katyń, dort das Wunder an der Weichsel, dort der siebzehnte September, hier und da alte Zeiten, Polen von Meer zu Meer, der Angriff auf Moskau; für am Spiel nicht interessierte Kinder und Jugendliche hatte er eigens ein Gästezimmer eingerichtet, wo Ältere mit Pfeilen auf eine Scheibe werfen konnten, an der Bildnisse der Revolutionsführer klebten, ausgeschnitten aus den Titelseiten der *Prawda* oder *Iswestija*, die Jüngeren dagegen durften billig eingekaufte Porträts mit Plakatfarbe entweihen; die Atmosphäre begünstigte einen Sieg, um so mehr, als den Polen zur Erniedrigung der Iwans ein Unentschieden in diesem Spiel reichte. Der Saal platzte aus allen Nähten, obwohl der Pfarrer, unterstützt vom Vikar, die Identität der heranströmenden Zuschauer sorgfältig prüfte, damit es da drinnen, wie mein Vater mir erklärte, nicht nach dem UB, dem Sicherheitsdienst stinken konnte; aufgrund all dessen bekam ich endlich die Aura des Untergrundstaates zu spüren; all die Parolen, rot auf weiß in der Solidarniza geschrieben, der gekreuzigte Jesus, gleichermaßen mit Weihgaben und Abzeichen des kämpfenden Polens behängt, Devotionalien, gemischt mit patriotischen Gadgets, verführten durch ihre Häßlichkeit, ihre Macht war groß und wirkte unmittelbar, auf der einen Seite das »Erhebet die Herzen!« auf der anderen »Weg mit den Roten!«, Gebet und Hymne in Habachtstellung.

Ich spürte, daß die plötzliche Verbindung religiöser, staatsbürgerlicher und fußballerischer Emotionen mich zu einem bigotten Weinkrampf bewegen könnte, daß ich ab jetzt an Treffen der OASE-Bewegung teilnehmen würde, daß ich einen Kampftrupp der Legion Maria gründen und vielleicht auch in ein Priesterseminar eintreten würde, um nach der Weihe ein gefährlicher und gnadenloser Pfarrer zu sein, daß ich wie der ehrwürdige Bździoch von der Kanzel aus Rote und Opportunisten, Verräter und Spitzel schelten würde; wie lustvoll erschien mir die Klarheit der Teilung in Gut und Böse … Anstatt mich auf das Spiel zu konzentrieren, in dem die Polen vom ersten Moment an beschlossen, auf Zeit zu spielen, womit sie die hilflosen Kicker der sowjetischen Mannschaft wie auch die nach Blut, Schweiß und Tränen gierenden Zuschauer zur Weißglut brachten, erlebte ich eine Erleuchtung, driftete ab in die Welt der kämpfenden Kirche; das Gotteshaus verströmte trotz des Gedränges im Saal Kühle und Weihrauch, betäubt begann ich mir vorzustellen, was für ein Pfarrer ich in Zukunft sein würde.

Ich wußte, daß die katholischen Pfarrer in »Überspannte« und »Donnerer« geteilt waren; erstere mochte ich nicht, sie kamen mir lächerlich vor mit ihren verweichlichten Stimmen und dieser speziellen Art von kirchlichem Geflüster, mit dem sie die Lehre Jesu verkündeten, es klang, als hätten sie den Mund mit etwas Widerlichem voll; wenn man sie in Zivil traf, war es schwer, sie nicht für Schwule zu halten, vielleicht trugen sie deshalb das Kollar – um den Respekt zu wahren, einem Pfarrer bringt schließlich jeder Bergbauer Achtung entgegen, für Homosexualität dagegen gab es damals in Podhale keine besondere Toleranz. Ich stellte mir mich als Donnerer vor, nicht flüsternd, sondern schreiend, mit Dogmen geißelnd, zur Rache aufrufend, zum Aufstand gegen diejenigen, die Christus immer wieder von neuem kreuzigen wollen; ich stellte mir meine heilige Macht vor, die Herrschaft über die Seelen, die grausame Macht, die Absolution nicht zu erteilen, und plötzlich spürte ich, daß das sehr schön war, so angenehm im Bauch, als würde sich gleich etwas Süßes und Heißes in mich ergießen, mein Blick blieb wie benommen an dem Bildnis der Madonna mit Kind hängen, und als ich, schon in Fieberwahn fallend, ihre nackte, stillende Brust sah, wurde ich zum ersten Mal im Leben ohnmächtig; genau zu der Zeit, als Smolarek in Barcelona mit dem Ball in der Ecke des Spielfelds tanzte, so schlau gedeckt, daß die wütenden Sowjets ihn ihm nur mit einem Foul hätten abnehmen können.

Daß wir triumphal unentschieden spielten, einen siegreichen Kompromiß erzielten, die Freude über den Eintritt in die Medaillenrunde nur durch das fehlende i-Tüpfelchen trübten, erfuhr ich erst in der Hütte, von Mutter, die mich mit Aspirin vollstopfte, mir Tee mit Zitrone ans Bett stellte und sich endlich nützlich fühlte; da ich krank war, konnte sie mich nach allen Regeln der Kunst bemuttern. Mein Vater war dreifach untröstlich: einmal, weil er mit mir, dem Geschwächten, vor dem Ende des Spiels den Saal verlassen mußte, dann war er verzweifelt, weil wir die Sowjets nicht richtig fertiggemacht hatten, und schließlich, weil Boniek nicht im Halbfinale gegen die Italiener würde spielen können, da er die zweite Karte eingefahren hatte, ein Jammer, denn die erste war so blöd, für nichts, er ließ sich als erstbester erwischen, als sie bewußt langsam die Mauer aufstellten. Sie flogen zwar raus, aber auch so vergifteten die Sowjets uns das Blut, unser Sieg war beschädigt, dafür war schon klar, selbst wenn wir alles verspielen sollten, was vor uns liegt, wir würden bis zum bitteren Ende spielen, und daher würden sich meine Ferien bis zum Ende der ersten Julidekade verlängern.

Vater hatte Angst, man weiß nicht, ob mehr um seine Bauchspeicheldrüse oder um die Leber, er überlegte, was schrecklicher wäre – an Bauchfellentzündung zu sterben oder an Leberzirrhose; Mutter behauptete, er müsse starken Willen beweisen, lernen, nein zu sagen, aufhören, sich anzuschließen, mitzumachen, sich abhängig zu machen; dieser Monat in den Bergen habe aus ihm einen perfekten Alkoholiker gemacht, sagte sie, bald werde er aussehen wie die verschissenen und verkotzten spindeldürren Gestalten vor der Kneipe, er werde in die Ausnüchterungszelle kommen – was für ein Beispiel gibt er bloß dem Kind, die Stimme ist schon ganz heiser, das Gehirn im Eimer, das Gerät schlapp, ja, sie fuhr trotz meiner Anwesenheit die schwersten Geschütze auf, aber Vater gab sich unablässig dem Rausch hin, sorgte morgens dafür, daß der Spiegel nicht sank, sagte mit einer furchtbaren Säuferruhe, er habe alles unter Kontrolle, wenn Polen die WM gewinne, würden wir nach Schlesien zurückfahren, und mit der Sauferei sei Schluß. Die Zischlaute zog er etwas in die Länge, er sprach mit sichtlicher Mühe, aber die Fähigkeit, Reden zu schwingen, kam ihm nicht abhanden:

»Frau, du kennst mich doch, du weißt also, wenn ich mir was in den Kopf gesetzt hab, gibt's kein Erbarmen; alles, was ich im Leben erreicht hab, verdanke ich meiner Radikalität und meiner Kompromißlosigkeit, wenn ich also sage, daß ich beschlossen habe, einen Monat lang mit unseren Gastgebern hier radikal und kompromißlos zu trinken, dann nur deswegen, damit ich endgültig und definitiv so einen Ekel vor Alkohol kriege, daß ich zu Hause sofort nach der Rückkehr völlig abstinent werde.«

»Mann, du wirst gar nicht nach Hause kommen, weil die dich hier ins Grab saufen, übrigens muß man gar nicht die Schuld auf die Bergbauern schieben, du hast einfach einen Hang, du neigst schon immer dazu, das mußte so enden, offensichtlich ist das auf fruchtbaren Boden gefallen. Ich sag dir nur eins: wenn du durch ein Wunder bis zum elften durchhältst und uns nach Hause fährst, dann vergiß den

Wodka, vergiß für den Rest des Lebens das Bier, und vergiß, verdammt noch mal, sogar die Schnapsbohnen!«

»Hör auf zu fluchen, hör bloß auf, so zu schimpfen!«

»Mutter Gottes, ich fluche doch nie, da siehst du, in was für einen Zustand du mich gebracht hast ...«

Doch Vater hatte diesen unüberwindlichen Macho-Ehrgeiz, diesen Instinkt, ebenbürtig sein zu wollen, ja, am besten besser als die anderen, und so hielt er, obwohl er nicht verstand, wie die Góralen solche Mengen an Wodka trinken und halbwegs normal funktionieren konnten, Schritt mit ihnen und wurde dabei viel leichter und früher betrunken als sie, was ihm keineswegs mehr Wertschätzung einbrachte. Das Schicksal meinte es nicht mehr gut; und in Spanien erwiesen sich unsere Jungs ohne Boniek als hilflos wie Kinder im Nebel, sie verloren das Halbfinale gegen Italien, und schon war die ganze Nation eingeschnappt, was soll das, wozu sind wir so weit gekommen, wozu haben wir uns alle so aufgeregt, wer ist dafür verantwortlich, warum hat Piechniczek nicht Szarmach aufgestellt, plötzlich sollte das Märchen, in das wir alle vernarrt waren, das uns das tägliche Elend und die Niedergeschlagenheit vergessen ließ, ein fatales Ende nehmen, Melancholie, Depression und Zweifel überkamen das ganze Land: Wir werden nun doch nicht Weltmeister, wie schade, wir waren so nah dran, wenn wir Weltmeister geworden wären, hätten die Roten das Handtuch geschmissen, so beeindruckt wären sie gewesen, daß dieses ausgehungerte und gebeutelte Land zu so einem Triumph fähig ist, wenn wir die WM gewonnen hätten, hätten die Generäle die Rationierung der Waren zurücknehmen müssen, die Sperrstunde aufheben müssen, den Kriegszustand aufheben müssen, die eigene Regierung aufheben müssen, den Sozialismus aufheben müssen, den eisernen Vorhang öffnen, in das Land der Weltmeister wären Touristen aus dem Ausland gekommen, das Volk, das Weltmeister ist im Beten und im Fußball, wäre von anderen Völkern bewundert worden, wahrlich, ich sage euch, wenn wir im Juli 1982 ins Finale der WM gekommen wären und gegen die Deutschen gewonnen hätten, wäre die Welt in ihren Grundfesten erschüttert worden, alle Gastarbeiter wären in die schlesischen Bergwerke zurückgekehrt, alle Góralen aus Chicago hätten den Atlantik überquert, um rechtzeitig zur Ernte zu kommen, die sehnsüchtigen Bergbauernfamilien hätten an den Häusern Transparente aufgehängt mit der Aufschrift »Welcome daheim«, die ganze Emigration wäre in Polen zusammengekommen, um aufzuräumen nach der Herrschaft der Roten, im Land der Weltmeister wäre niemand niemandem mehr ein Wolf gewesen, denn niemand hätte gewußt, was ein Ressentiment ist, niemand hätte Komplexe gehabt, die kleinen Dicken wären Basketballspieler geworden, die notorischen Onanisten wären Playboys geworden, die verfemten Dichter hätten sich in neuen Poemen mit der Welt versöhnt, die Kritiker hätten jeden Film und jedes Buch gelobt, die Gerichtsvollzieher hätten Geld von den Reichen geholt und es den Armen gegeben, die Schaffner hätten den Schwarzfahrern gratis Fahrkarten ausgestellt, man hätte die Tage nationaler Liebe ausgerufen, ach, wie wunderbar wäre das gewesen, hätte nicht Paolo Rossi die zwei Tore geschossen, zwei Stiche direkt in unser Herz, zwei Gesichter der Trauer, zwei : null, und übermorgen fahren wir heim; blieb nur noch das Trostspiel.

Aus dem Polnischen von Renate Schmidgall

Jáchym Topol
AUF DEM KISSEN EIN LÖWENKOPF

Ich hocke in einer Spelunke unter der Prager Burg, zu meinen Füßen ein Berg von Einkaufstaschen. Meine Arme sind ganz ausgeleiert, die Einkäufe für meinen Vater mußte ich bis von Smíchov herschleppen. In diesem Viertel gibt es keine Supermärkte mehr, keinen einzigen Lebensmittelladen. Nur Touristenshops. Dieses Viertel ist längst nichts mehr für Alte. Heute hat man Vater ins Krankenhaus gebracht. Seit langem hat er sich mit der Aufzählung aller seiner Krankheiten die Zeit vertrieben. Seit langem hat er im Stadium durchsichtiger Hände und zittriger Gedanken gelebt. Bevor ich zu ihm gehe, setze ich mich kurz hin. Was Schlimmeres hätte ich mir kaum aussuchen können. In der Kneipe haben sich grölende britische Fußballdeppen eingenistet. Ihr biernasser Nuttentrip zum Billigtarif führt ausgerechnet an der Burg vorbei. Irgendwo anders hinzugehen bringt's auch nicht. Pizzeria, Taverne, Mexikaner oder dieses ekelhafte Lokal: alles gleich. Unter der Burg ist jedes Lokal eine Touristenfalle. Als meine Eltern noch mit mir und meinen Schwestern hier zu Mittag gegessen haben, war jeder im Viertel Onkel oder Tante.

Paß auf, daß du vor lauter Nostalgie nicht zu heulen anfängst, sage ich mir. Heute ist das hier auf jeden Fall besser als damals. Damals hat man dort, quer über der Straße, in der Kaserne mit dem roten Stern auf der Fassade die sowjetische Besatzung verköstigt. Mit Raketen und Panzern hielten die Sowjets die tschechische Provinz und mit ihr ein Sechstel der Welt fest in Zaum. Es war der Horror. Dieses globalisierte Chaos jetzt, das ist die Freiheit. Die Verficktheit der Innenstädte zeugt von Reisefreiheit, rede ich mir beruhigend ein. Hier ist es doch genauso wie in Florenz, Kyoto oder Lissabon. Alle Menschen wollen gleich sein, Unterschiede bringen nur Unverständnis und Gewalt. Und mit ein bißchen Übertreibung wurden wir damals, 1989, in jenem in grauen Vorzeiten liegenden Jahr der osteuropäischen Revolutionen, direkt von Orwell zu Huxley torpediert. Und was ist besser?

Aber vergiß nicht, mein lieber Nostalgiker, daß viele der hiesigen Onkels und Tanten Spitzel waren und daß sie jeden Spruch, der hier zwischen Papa und seinen Freunden gefallen ist, gleich weitermeldeten. Er traf sich hier nämlich mit Dissidenten, mit den Gegnern des Regimes. Manchmal wanderte der eine oder andere in den Knast. Unser Vater nie. Das hat uns, die ganze Familie, damals ziemlich gequält, es machte sich nicht gut, wenn der Papa nicht von Zeit zu Zeit im Gefängnis saß. Später habe ich verstanden, warum meiner um den Knast herumgekommen ist. Im Gegensatz zu anderen Dissidenten schrieb er nicht über die Erbärmlichkeit des Regimes, sondern über seine eigene. Deswegen kann man sein Zeug bis heute noch lesen. Die paar Seiten, die geblieben sind. Den Rest hat er verbrannt. Über das Regime zog er zwar genauso her wie die anderen, einen würdigen Gegner lieferte ihm aber erst das unbegreifliche Universum, die erstaunliche Tatsache der menschlichen Sterblichkeit und auch seine Depression, diese Eisablagerung auf seinem Hirn. Damit werden viele geboren.

So richtig paßte Vater nie in das Dissidentenmilieu hinein, auch weil er vom Dorf kam. Nie hat er gelernt, wie man telefoniert oder die Straße bei Rot überquert, war aber handwerklich geschickt. Ich selbst wurde natürlich Underground-Aktivist. Nachdem man mich zum erstenmal eingelocht und wieder entlassen hatte, wurde ich endlich erwachsen. Für die meisten meiner Freunde war der erste Knast eine Initiation. Mama und meine Schwestern gaben für die Nachbarn eine Party, so wie sich das gehörte. Sie reichten Kekse aus der Wochenration herum und lobten mich pausenlos: Der steckt Ohrfeigen ein, ohne mit der Wimper zu zucken! Weigert sich auszusagen! Ja, der Junge ist schon geschickt, murmelten die Onkels anerkennend und schoben sich den nächsten Keks in den Mund... Bei den Mädchen im Viertel registrierte ich, wie mein Ansehen kometenhaft anstieg. Und Vater? Der hatte sich irgendwo verkrümelt. Wahrscheinlich vor Scham. Ihn hat man nicht eingesperrt. Er war's nicht wert! Genau damals fing er an, in die Wildnis unterzutauchen. Härtete sich ab und übte fürs Zuchthaus. Er war sicher, daß es mal kommt. Er schlief im Wald. Meine Inhaftierung hat ihn angeblich zu einem Zyklus über die Erbärmlichkeit des Vaterdaseins inspiriert. Zu einer Lyrik, die aus der erschreckenden Erkenntnis hervorsprudelte, unfähig zu sein, das eigene Kind zu beschützen. Mit einem Holzstückchen soll er die Verse in den Schnee gekritzelt haben – um sich dann in Selbstbeherrschung zu üben, indem er sie wieder verwischte. So ist wohl seine von keinem je gelesene Gedichtsammlung *Armselige Schneeflocken* entstanden.

Ich sehe mich um. Ja, wir haben hier gerne gegessen. Solange unsere Familie noch zusammen war. Zuerst waren meine kleinen Schwestern abgefallen. Iveta und Klára konnten in der Hauptschule dem Werben des SB, des Staatssicherheitsdienstes, nicht widerstehen, und fingen an, mit Ausländern ins Bett zu gehen. Angeblich sollten sie die strategischen Pläne der NATO, das Waffenpotential und den Stand der westlichen Wirtschaft auskundschaften. Ich glaube, in Wirklichkeit haben die kleinen Luder bloß die an Körperhygiene gewohnten westlichen oder arabischen Männer mit ihren Cremes und Shampoos genossen, die Schule geschwänzt ... und Lebensmittelpäckchen für zu Hause organisiert. Ich war damals in der Wachstumsphase, und was schmeckte, verschlang ich in rauhen Mengen. Dafür bin ich meinen Schwestern bis heute dankbar. Und bete für ihre Seelen. Klára wurde Offizier der Staatssicherheit. Sie zog in die Kaserne. Und Iveta hat in ein fernes fremdes Land geheiratet. Ich glaube, sie wollten vor allem nicht mehr mit Vater zusammenleben. Manchmal rüttelte er sie mitten in der Nacht wach, weinte und jammerte, daß ihm ein Vers fehlte ... und wollte von ihnen wissen, wo er als Vater versagt hatte, daß aus seinen Töchtern widerliche Flittchen und Spitzel geworden sind ... sie motzten immer zurück, und Papa rannte zum Schreibtisch, sein Gedicht fertigschreiben. Die Lover, Militärberater und Waffenmagnaten, glaubten es meinen Schwestern nie, daß sie die Augenringe und den vor lauter Schlafmangel taumelnden Gang ihrem Dichter-Vater zu verdanken hatten. Manchmal bekamen sie von den eifersüchtigen Herren sogar eine richtige Tracht Prügel verabreicht. Und wenn sie sich beschwerten, wurden sie auch von ihren Stasi-Freiern verdroschen. Was war ich froh, kein Mädchen zu sein! Auch wenn meine Schwesterchen möglichst schnell das Haus verließen, haben sie dem Vater zum Thema Erbärmlichkeit eine ganze Menge Material hinterlassen. Unsere Klára wurde eines der ersten Opfer der Volksaufstände von 1989. Sie leitete den Polizeiangriff gegen die Studenten auf der Národní Straße. Die studentische Horde – alles angeblich Hörer der mathematisch-physikalischen Fakultät – hat sie aus dem Transporter gezerrt und an eine Straßenlaterne gehängt, unter der ein paar Streber noch ein kleines Feuerchen entfacht haben. Ivetas Schicksal war eigentlich nicht viel besser. Sie ist während der Bombardierung von Bagdad umgekommen. Damals war sie die elfte Frau des Kalifs Umar Barshagiza, in dessen Bett die Partei sie einst beordert hatte. Heute heißt in Bagdad ein Platz nach ihr. Direkt gegenüber dem königlichen Palast, ja, Iveta Square, das ist er.

Unsere Mama, die seit Ewigkeiten fest entschlossen war, fast alles auf der Welt zu ertragen, weinte sich ordentlich aus – und stellte Vogelhäuschen für ihre Seelen vors Fenster. Eine alte tschechische Sitte, die weder die Christen noch die Kommunisten ausrotten konnten. Man braucht Speck, Brot und vor allem frisches Wasser dazu. Die Seelen der Verstorbenen kommen als Schatten kleiner Vögel zum Vogelhäuschen. Wenn du mit ihnen redest und die Vögel das Futter annehmen, merkst du, wie deine Trauer allmählich kleiner wird. Die Seelen können noch neun Monaten nach dem Tod erscheinen. Danach brauchen sie keine Hilfe mehr. Vater hat nie etwas in das Vogelhäuschen hineingelegt, kein einziges Krümelchen. Und auch wenn die beiden kleinen Schattenvögel, manchmal im eisigen Frost, vor dem Häuschen geduldig von einem Bein aufs andere traten und ihre

Köpfchen zu seinem Fenster drehten, hat er nie ein Wort zu ihnen gesagt. Er hatte keine Zeit, er schrieb. Damals ist das Drama *Klebenbleiben* entstanden, in dem er zum Ausdruck brachte, wie sehr er darunter litt, die väterliche Liebe zu seinen toten Töchtern nicht loswerden zu können, die ihm zu ihren Lebzeiten scheißegal waren. Dieser Tod putschte ihn so auf, daß er fließend zum Werk *Verfall* überging. Den Schmerz seiner durch die Kälte des Universums verletzten Seele projizierte er diesmal auf seine unmittelbare Umgebung, wobei eine gewisse Widerspiegelung der Realität nicht zu vermeiden war. Das wurde als Regimekritik verstanden. Das Prag des Spätsozialismus fiel auseinander. Das Gedicht besang die Todessehnsucht aller lebenden Organismen und verglich den Zerfall des Staates mit dem gewöhnlichen Schicksal eines überalterten Organismus. Vaters Worte rochen scharf nach Gullyausdünstungen, nach morschem Mauerputz und stehender Luft, deren Pestgestank kaum durch die leichte Bewegung der bolschewistischen Banner über den Polizeistationen und Folterkammern abgeschwächt wurde. *Scharf riechendes Hirn*, so hieß das Gedicht. Diesmal sah es nach echtem Durchbruch aus. Das durch den Knast kleiner gewordene Häufchen seiner Dissidentenfreunde ließ ihn endlich mal hochleben. Vater wurde sogar zum Verhör abgeholt. Aber er wurde wieder nicht verhaftet. Die Ermittlungsbeamten fanden seine Verse nicht gefährlich, sondern nur blöd. Das Regime war nämlich gerade dabei, seine Taktik zu ändern. Es sollten keine Märtyrer mehr entstehen, deren Verse die unterjochte Nation zum Widerstand aufrüttelten. Vater flog im hohen Bogen aus der Polizeistation raus, wurde öffentlich für irre erklärt und bekam als Irrer vom Regime eine (korrumpierende!) Rente zuerkannt. Mama und ich haben uns über die Moneten gefreut. Vater lief aber wie ein Körper ohne Seele herum. Das Maß seines Unglücks wurde noch voller, als – anders als bei vielen anderen Dissidenten – sein Werk im Westen weder übersetzt noch herausgegeben wurde. Es war zu depressiv. Die Kopfrente, Papas einziges Honorar, erschien uns daher wie ein Geschenk des Himmels. Aber Mama hat sich darüber nicht lange freuen können.

Mit Vater hatte ich ständig Zoff, noch zu Mamas Lebzeiten. Obwohl er nicht in der Lage war, außer sich noch jemanden wahrzunehmen, was für Menschen mit einer depressiven Eisablagerung auf dem Hirn ganz normal ist, fiel es ihm doch auf, daß ich als Underground-Aktivist das Arbeiten links liegen ließ. Und die Rente verfutterte, die ihm für seinen Wahnsinn zugesprochen wurde. So hatte er sich das Leben mit dem letzten übriggebliebenen Kind nicht vorgestellt. Er ermahnte mich zum Fleiß. Warf mir häufig vor, daß ich mich nicht um eine eigene Rente kümmere. Er konnte es auch nicht ab, wenn meine Altersgenossen, auch sie Underground-Aktivisten, sich bei uns trafen. Bis tief in die Nacht diskutierten wir, wie das Regime zu stürzen ist – und Vater beschwerte sich, daß er nicht schreiben kann. Damals war er schon älter, über vierzig, und ich glaube, er hat uns junge Menschen nicht richtig auseinanderhalten können. »Ihr seid eine einzige Herde, mit euren langen Haaren und Flugblättern . . .«, schimpfte der Individualist und Einsiedler über unsere Bewegung.

Für die Wintermonate verdrückte sich Vater seelenruhig irgendwohin in die Berge, meistens ins Riesengebirge in irgendeine Ruine von den Deutschen. Manchmal nahm er uns mit. Die einsamen Berghütten überließen ihm seine erfolgreicheren Dissidentenkollegen, deren Bücher im Westen erschienen oder die heimlich Drehbücher für das sozialistische Fernsehen schrieben. Als Gegenleistung versprach Vater, ihnen das Haus zu renovieren, und das machte er dann den ganzen Winter. Auch um nicht zu erfrieren. Nicht mal einen Ofen gab es dort, wo wir waren. Und so konnte Vater nicht schreiben, er konnte seine Werke nur *denken*. Damals vertrat er die Meinung, es wäre am besten, wenn ihm Gedichte nur passierten. Daß er geschickt war, habe ich schon gesagt. Er verlegte Holzfußböden, reparierte morsche Balken, säuberte die Brunnen. Stellte Fallen auf, fing Hasen in Schlingen, paarmal hat er sogar mit einem Traktor ein Reh erlegt. Er brachte mir bei, wie man Tiere häutet, und wenn ich mich gut anstellte, durfte ich mir aus dem Fell etwas Mondänes nähen. Einen Badeanzug zum Beispiel. Die waren im Sozialismus kaum zu kriegen. Manchmal war Vater die Arbeit leid, packte seine Axt und Streichhölzer zusammen und zog in den Wald, um dort zu überwintern. Einmal hat er dabei mich und meine Mutter in so einer Bruchbude sitzen lassen. Schlecht ging es uns nicht, wir pickten uns aus den Balken Larven als Köder heraus, und bevor der Bach zugefroren war, feierten wir wahre Fischorgien. Es war furchtbar kalt, aber an die von Vater neu gezimmerten Balken oder Holzdielen trauten wir uns nicht heran. Wir warteten auf den Frühling und wechselten uns ab beim Fallenchecken. Einmal machte Mutter einen falschen Schritt, und das Fangeisen schnappte um ihr Fußgelenk. Sie war geübt darin, der Welt dauernd ihren Mut zu beweisen, also schrie sie nicht, sondern versuchte die Falle mit einem Taschenmesser aufzumachen. Wäre sie eine Wölfin gewesen, hätte sie sich den Fuß abgenagt. Zum Glück war ich ihr ziemlich bald nachgegangen, mit einem Fangeisenheber in der Hosentasche, ihr Bein war schon blau angelaufen. Eingewickelt in Decken lag Mutter fiebernd auf dem Holzfußboden. Zuerst habe ich die Balken verbrannt. Dann habe ich überall um sie herum die Holzdielen herausgerissen und habe auch sie verbrannt. Es war klar, daß Mutter ins Krankenhaus mußte. Aber wie sollte ich sie dahin bringen? Mit Vaters Hilfe war nicht zu rechnen.

Wir hatten ein Riesenglück. Der Dissident, der unserm Vater das Haus überlassen hatte, war gerade aus dem Knast ausgebrochen. Und wollte sich schnurstracks in seiner Bruchbude verkrümeln. Die Ruine hatte er schwarz gekauft, die Stasi ahnte nichts davon. Er kam mit einem Schlitten, der von einem Pferdchen gezogen wurde. Sie haben absichtlich einen langen Umweg durch die Wälder genommen. Wir mußten aber schleunigst ins Krankenhaus. Der Dissident, einer der besten Köpfe im heimischen Widerstand, entwarf mit Bravour einen Rettungsplan. Wir tarnten uns als Dorfburschen – auf dem Dachboden lagen zerlumpte Trainingshosen, speckige Mützen, von Mäusen angenagte Pelzmäntel –, wir tranken Wodka direkt aus der Flasche, wankten und schrien herum ... An jeder Kreuzung winkte uns die Polizeiwache nur durch ... Als normale und unauffällige Dorfleute hatten wir Mama in ein paar Tagen ins Krankenhaus geschafft. Es war ein enormes Risiko, das dieser Onkel Dissident damals eingegangen ist, und ich bin ihm bis heute sehr dankbar. Als mein erstes Buch erschien, damals, nach dem Fall des Eisernen Vorhangs, habe ich ihm bei meinem Leben schwören müssen, nie über ihn zu schreiben. Mein Wort darf ich nicht brechen. Werde also den Namen von diesem mutigen Menschen, der später sogar Präsident wurde, nicht verraten. Im Krankenhaus hat man Mutter gerettet. Sie wurde aber während einer sommerlichen Dissidentendemonstration gegen eine gemeinsame Militärübung aller Brudervölker von einem Panzer überfahren. Traurig schleppte sie sich noch bis zum revolutionären November dahin, dann starb sie an ihren Verletzungen und an der Trauer um die Töchter. Der Panzer hat sie nur deswegen überfahren, weil sie ihr Bein nicht so schnell bewegen konnte, das Bein, das von der Falle ramponiert war, während es sich Vater irgendwo in der Einsamkeit gutgehen ließ. Noch lange nach Mutters Tod waren weder Vater noch ich scharf auf gemeinsamen Umgang.

Nach 1989, während der aufregenden Momente, als in den ehemaligen Sowjetprovinzen das Orwellsche Gesetz zum Huxleyschen Imperativ mutierte, hat Vater in einem Kleinseitner Palais unter der Burg einen Job als Hausmeister bekommen. Das Palais war eine ehemalige Folterkammer und gehörte dem einzigen tschechischen Dissidentendichter, der für seine Lyrik den Nobelpreis eingefahren hat. Es war ein Geschenk der Stasi, weil er von einer Anzeige abgesehen hatte. Für meinen Vater, den Autor ohne Erfolg par excellence, muß der Dienst für den weltberühmten Poeten eine einzigartige Orgie der Erbärmlichkeit bedeutet haben. Genuß pur. Er ging auf die Sechzig, er fing an seine Werke zu verbrennen, und mit den von Asche geschwärzten Fingern werkelte er im Palais am Fußboden, an den Balken, an den Brunnen. Die Freiheit unserer Heimat veränderte unsere verbissene Beziehung um kein Jota. Im Gegenteil. Ich nehme an, daß es Vater gut gefunden hätte, wenn nach den Schwestern und nach unserer Mutter auch ich den Löffel abgegeben hätte. Dann wäre er endlich ganz allein auf der Welt und hätte es richtig auskosten können. In so einem Schmerz – Die ganze Familie überlebt zu haben! – hätten sich seine heulenden Verse bestimmt wie Maden in einer Wunde vermehrt. Da hätte er den Ofen ordentlich anheizen können. Diese Freude habe ich ihm aber nicht gemacht. Um den Papa zu ärgern, habe ich sogar nach ein paar Jahren euphorischer Freiheitsbegrüßung mit der Abstinenz angefangen. Keine Drogen, kein Alkohol. Ja, das hat ihn verletzt. Jedesmal, wenn wir uns begegneten, war es regelrecht zu hören, wie uns in der Tasche das Messer aufging.

Beinah zwei weitere Jahrzehnte sind vergangen, und ich komme fast täglich bei meinem Vater vorbei. Manchmal tut er, als ob er mich nicht sieht. Jetzt helfe ich ihm. Es geht ihm nicht gut. Durchsichtige Hände mit Fingern, die von Asche zerfressen sind. Zittrige Gedanken. Löwenkopf mit langer grauer Mähne. Schon lange gehört er zu den letzten – auf der Kleinseite gibt es vielleicht noch ein paar Hundert von ihnen – alten Menschen, die unter der Prager Burg wohnen. Dieses Viertel ist längst nichts mehr für Alte.

Unter den Horden von Besuchern aus der ganzen Welt, die hier die Straßen verstopfen, schlurfen noch hier und da die letzten Ureinwohner der Kleinseite. Übelriechende Dissidenten der Huxleyschen Welt, peinliche Beweise von Krankheiten und Alterungsprozessen, Erinnerung an den Eisernen Vorhang. Sie werden von den Touristen ebenso eifrig geknipst, wie der Sensenmann auf der astronomischen Uhr am Altstädterring. Die Tučková, alt schon, als ich zur Welt kam, füttert jeden Tag die Möwen an der Moldau, mit einem roten Tuch um den Hals, als ob es ein Geschenk von Stalin persönlich wäre. Der fette Horyna, von den Kindern Kostej der Unsterbliche genannt, drückt jeden Tag im Parterre in der Mostecká sein furchtbares Gesicht gegen die Fensterscheibe, rot wie eine zerkochte Sauerkirsche, und jagt damit den Touristen Schrecken ein. Seine Nachbarin, die alte Mocková, schüttet manchmal ihren Nachttopf über die Touristenköpfe aus. »Daß sie alt sind, das ist nicht schlimm«, die Stadträtin Košt'álová verteidigt ihre Idee, diese und ähnliche Störenfriede in irgendwelche Sanatorien zu entsorgen. »Aber sie sind so ... anders!«, piepst sie in die Stille der Krisensitzung, selbst über ihre Unkorrektheit entsetzt. Wie mein Vater haben alle diese Alten ihre Kindheit in einem Weltkrieg verbracht. Die meisten – nur mein Vater nicht! – haben hart gearbeitet. Viele von ihnen glauben bis heute, daß man Kleider *flicken* und Socken *stopfen* kann, daß alles, was auf den Teller kommt, aufgegessen werden soll und daß Altpapier in die Sammelstelle gehört. Das macht sie nicht nur für Bestattungsunternehmen, sondern auch für Ethnographen interessant. Ja, der Kontakt zu unseren Ältesten erinnert stark an den Zusammenprall einer Expedition mit den wilden Stämmen am Amazonas. Bald wird es die einen und die anderen nicht mehr geben. Deswegen arbeite ich zusammen mit der Stadträtin Košt'álová an einem Plan, wie man ein paar ausgesuchte Exemplare der alten Generation in die Ewigkeit verschieben könnte. Wir wollen die letzten von ihnen als mechanische Puppen nachbauen lassen. Keine gespenstischen, möglichst realistischen Roboter: eine Erinnerung an das 20. Jahrhundert. Natürlich möchte ich, daß auch mein Vater durch eine solche Puppe ersetzt wird. Deine Erbärmlichkeit, lieber Papa, werde ich in die Ewigkeit retten, verzaubert in einen Roboter. Damit sich die Schulkinder beim Vorbeigehen über das »Wie es damals gewesen ist« vor Grauen schütteln. Sie werden, lieber Papa, dermaßen erschüttert sein, daß sie, blind für die Kälte des eigenen Universums, nicht einmal auf die Idee kommen werden, über *ihre eigene* Erbärmlichkeit nachzudenken. Und diese Blindheit, die ist dann erst erbärmlich, oder? Ja, das müßte dir gefallen, Vater.

Das Krankenhaus unter der Burg. In der Altenstation röcheln ein paar an Röhren angeschlossene Ruinen. Vater ist in sich zusammengefallen, geschrumpft. Wo sind seine Hände? Aha, angegurtet. Er ist nur noch ein großer Kopf auf einem Kopfkissen. Ein Kopf mit einer Mähne dreckiger, grauer Haare. Er schlägt die Augen auf. Und zieht eine Grimasse. Aha. Falls er gedacht hat, alles ist schon zu Ende, und auf einmal sieht er mich, muß ihn das sauer gemacht haben. Mit einem Zollstock aus Holz messe ich den Umfang seines Kopfs. Seine Schläfen. Und erzähle ihm flüsternd von der Puppe. All das Gespenstische, das von ihm übrigbleibt, wird von ihr in die Ewigkeit befördert. Erbärmlichkeit for ever. Er lächelt. Ja, das hab ich mir immer gewünscht, daß mich mein Papa auf dem Sterbebett anlächelt. Lieber messe ich seinen Kopf noch einmal. Der Zollstock rutscht nämlich an den Haaren ab. Ich will es genau haben.

Aus dem Tschechischen von Eva Profousová

Swetlana Wassilenko

DIE STADT HINTER STACHELDRAHT

Im Militärtransporter fahren wir mit dem Aufnahmeteam in meine Heimatstadt, um einen Dokumentarfilm über meine Kindheit zu drehen. Zur Rechten die wermutbedeckte Steppe, grau wie eine Felduniform, die sich bis zum Horizont erstreckt, links die Flußauen der Achtuba. Die Achtuba ist ein Arm der wasserreichen und herrschaftlichen Königin aller russischen Flüsse – der Wolga. Die Achtuba ist wie eine Verwandte der Wolga, ihre Schwester oder Tochter, doch von ganz anderem Charakter, sie ist zielstrebig, eigenwillig, ungestüm, eher wie ein Gebirgsfluß als wie ein Strom in der Steppe. Wahrscheinlich war es auch ihr mutwilliges Wesen, das sie dazu veranlaßt hat, aus dem Königshaus fortzulaufen und ihr wildes, ungezügeltes Leben zu leben, aber immer neben Mütterchen Wolga, parallel zu ihr, und wie diese mündet auch sie ins Kaspische Meer.

»Achtube ...« Der Regisseur spricht den Namen aus, als koste er seinen Geschmack, dann fragte er mich: »Woher dieser merkwürdige Name? Klingt gar nicht russisch.«

»Er ist auch nicht russisch«, erkläre ich. Und erzähle, daß vor vielen Jahren die wilden Mongolenhorden unter der Anführerschaft von Batu-Khan, dem Enkel des Dschingis-Khan, an dieser Stelle haltmachten. Sie hatten bereits ganz

Asien unterworfen. Der wilde, tückische Fluß, der dem ungezügelten Wesen und Verhalten seines Volkes so ähnlich war, rührte das Herz des Batu-Khan, und ein für allemal bezaubert von der Schönheit des Flusses und der Schönheit dieses Ortes, gründete er hier, am Ufer der Achtuba, den westlichen Ulus, d. h. den westlichen Teilbereich des mongolischen Reiches, die sogenannte Goldene Horde, und hier errichtete er Saraj, ihre Hauptstadt. Von hier aus unternahmen die Mongolen ihre blutigen Feldzüge ins russische Reich, legten die russischen Städte und Dörfer in Schutt und Asche. Von hier aus knechteten sie die Rus, das russische Reich, das sie damit für Jahrhunderte als Staat aus jedem historischen Zusammenhang herausrissen. Hierhin, in die Goldene Horde, flossen die Abgaben der russischen Fürstentümer, hierher, nach Saraj, kamen die russischen Fürsten zum Khan, um von ihm mit dem Fürstentum belehnt zu werden.

Natürlich war das ein bißchen übertrieben. Der Khan Batyj erbaute die Hauptstadt der Goldenen Horde wesentlich weiter südlich, in den Wolganiederungen, und erst viele Jahre später verlegte ein anderer Khan sie hierher. Aber um eine Geschichte schlüssiger zu machen, ist ein bißchen Übertreibung erlaubt.

»Einmal verliebte sich ein russischer Fürst in Tuba, die Tochter des Khans. Sie erwiderte seine Liebe. Bei seiner Abreise versprach er ihr, nach einem Jahr wiederzukommen und sie zu heiraten.« Es ist eine Legende der hiesigen Gegend, die ich jetzt dem Aufnahmeteam erzähle. »Als ihr Vater davon erfuhr, wurde er böse und beschloß, seine Tochter unverzüglich zu vermählen, und zwar mit einem alten und häßlichen ...«

»Knacker«, prustet Ira, die Kamerafrau. (Übrigens eine der besten in Rußland.)

»... Khan von der Krim«, fahre ich fort.

»Und sie selbst? Diese Tuba?« fragt der Fahrer. Er ist ein junger rotwangiger Soldat. »Hat sie den Alten geheiratet?«

»Halt mal hier, an diesem Stein«, bitte ich ihn. Das Auto hält neben einem grauen, klobigen Betondenkmal, das aussieht, als sei es von einem unfähigen Stümper angefertigt worden. Wir steigen aus. An der Betonfläche Abdrücke von Buchstaben. Offensichtlich haben Säufer aus der Gegend die Buchstaben abmontiert und sie für eine Flasche Wodka beim Altwarenhändler als Buntmetall verkauft. Der Regisseur versucht, die Aufschrift zu lesen. Erfolglos. Er sieht mich fragend an.

»Was steht da?«

»Daß hier die Hauptstadt der Goldenen Horde war – Saraj.«

»Hier?!« Der Regisseur sieht sich verblüfft um. Statt einer riesigen, blühenden, kilometerweit sich erstreckenden Stadt mit Bauwerken aus Stein, mit Häusern, Höfen, Brunnen, mit überfüllten Basaren, mit Massen von Menschen aus den verschiedensten Ländern, mit Pferden, Schafen und Kamelen, wie Reisende die Hauptstadt der Goldenen Horde beschrieben, sieht man ringsum nur kahle, graue Steppe und ein schäbiges Denkmal für eine vergangene Macht, die wüste Horde, die die halbe Welt unterjochte, einen Betonklotz, der, wie ich auf den ersten Blick sah, einer skythischen Steinfrau glich, nur daß ihm der Kopf fehlte.

Auf dem Rückweg zum Auto erzähle ich dem Regisseur, wie wir als Kinder hierher kamen und mit Schaufeln in der Steppenerde wühlten. Wir suchten nach dem goldenen Pferd.

»Was für ein Pferd denn?« fragt der Regisseur gereizt. Zwischen ihm und mir bahnt sich ein Konflikt an, dessen Grund uns beiden nicht ganz klar ist.

»Das goldene, sage ich doch«, erkläre ich ungehalten. »Als der Khan Batyj im Sterben lag, befahl er, alles Gold zu schmelzen, das er besaß, und daraus die Statue seines Lieblingspferdes zu gießen. Dieses goldene Pferd vergrub er in der Steppe, aber niemand weiß, wo. Viele haben den Klang seiner goldenen Hufe gehört. Das ist die Legende.«

»Legenden über Legenden«, sagte der Regisseur düster, aber auch bissig. »Nichts ist geblieben. Nur Legenden.«

»Für uns, die wir hier leben, sind es nicht nur Legenden«, sage ich leise.

»Was denn sonst?«

»Wie soll ich das sagen ... Für uns ist es Wirklichkeit. Wir werden damit geboren.«

»Aber jetzt gräbt keiner mehr die Steppe auf, um nach dem goldenen Pferd zu suchen«, sagt der Regisseur. »An Märchen glaubt doch keiner mehr.«

»Du hast selbst gesagt, daß Legenden alles sind, was vom Leben bleibt«, widerspreche ich.

»Deine Legenden werden wir aber nicht filmen«, sagt der Regissseur ärgerlich. »Wir wollten einen Film über das Leben machen! Einen Dokumentarfilm. Vergiß das nicht!«

Wir steigen wieder ein, böse aufeinander. Der rotwangige Soldat, der das Auto fährt, sieht mich mit seinen neugierigen Kinderaugen an.

»Und wie ging es dann weiter? Mit Tuba, der Tochter des Khans?« fragt er ungeduldig. »Sie haben noch nicht zu Ende erzählt ...«

»Sie lief ihrem Bräutigam, dem Krimtataren, davon, mitten im Hochzeitsfest. Sie lief zum Fluß und ertränkte sich«, sage ich.

»Ach!« ruft der Soldat überrascht aus.

»Das schrie auch ihr Vater, der Khan, als er hörte, was geschehen war und am Fluß stand. ›Ach, Tuba! Ach Tuba! Was hast du getan!‹ Seit damals heißt der Fluß Achtuba«, sage ich.

»Und weiter?« Der Soldat läßt nicht locker.

»Und dann wurde sie eine Flußnixe.«

»Mein Gott! Sie machen mich noch wahnsinnig!« sagt der Regisseur mit leidender Stimme, als hätte er Zahnschmerzen. »Fahren wir weiter!«

Das Auto fährt an.

Von Saraj bis zu meiner Heimatstadt sind es noch fünfzig Kilometer.

Der Ort war jahrzehntelang von Stacheldraht umgeben. Hinein und heraus kam man nur mit einem speziellen Passierschein, den die KPP ausstellten, die *Kontrolno-propusknye punkty*, Passierstellen, an denen man kontrolliert wurde. Über die Militärstadt zu schreiben oder zu sprechen war verboten, keine Karte verzeichnete sie. Bis heute gibt es keine Stadtpläne. Der Name der Stadt war ebenfalls militärisches Geheimnis. Wenn man eine Fahrkarte am Schalter kaufte, durfte man nicht sagen: »Einen Fahrschein nach Soundso, bitte.« Feind hört mit. (Plakate, auf denen der lauschende Feind abgebildet war, fanden sich allerorts in der Stadt.) Man mußte sagen: »Einen Fahrschein in den 85. Bezirk, bitte.« Es gab etliche Bezeichnungen für die Stadt. Sie hatte mehrere Namen gleichzeitig, wahrscheinlich zur Tarnung, um Spuren zu verwischen, um den Feind und Spion zu verwirren. Sie hieß Ort Nummer zehn oder einfach Zehnte, 85. Bezirk, wie schon erwähnt, Gorodok (Städtchen) und sogar Moskau 400. (Sogar jetzt, beim Aufzählen dieser Namen, denke ich mit kindlichem Aberglauben: Gebe ich auch kein militärisches Geheimnis preis?) Sie liegt 140 Kilometer östlich von Wolgograd, dem früheren Stalingrad. Der offizielle Name der Stadt war Znamensk – so heißt sie auch heute wieder. Doch die Bewohner selbst nannten ihre Stadt nach dem nächstgelegenen alten astrachanischen Dorf – Kapustin Jar. Oder abgekürzt Kap Jar.

Der Zufall wollte es, daß ich ausgerechnet dort Mitte der fünfziger Jahre zur Welt kam.

Vor langer Zeit war hier das Kaspische Meer gewesen. Das Meer wich zurück, eine Senke entstand, die 200 Meter unter dem Meeresspiegel lag, und dort, auf dem Grund des abgeflossenen Meeres, lebten wir, wie in einer Schüssel, unter der Kuppel eines wolkenlosen Himmels, der wie ein Deckel über der Senke lag. Nachts hingen riesige helle Sterne am Himmel wie an einem Weihnachtsbaum. Aus diesem Grund, weil der Himmel fast das ganze Jahr über klar und wolkenlos ist, beschloß man, dort ein Versuchsgelände für Atomraketen anzulegen.

Kapustin Jar war die Stadt, wo die Militärangehörigen, die auf dem Gelände arbeiteten, mit ihren Familien lebten – dreißigtausend Einwohner. Sie wurde 1946 errichtet, gleich nach dem Krieg, als die V-1 und V-2 Raketen, an denen die Wissenschaftler des Dritten Reichs fleißig gearbeitet hatten und die Hitler, zum Glück für die Menschheit, nicht mehr zum Einsatz bringen konnte, aus Deutschland hierher geschafft worden waren. Diese Raketen dienten den sowjetischen Wissenschaftlern als Modell. Zur gleichen Zeit wurden auf der anderen Seite des Erdballs die ersten amerikanischen Raketen entworfen – nach demselben Vorbild. Wie in die Erde gesteckte Drachenzähne vermehrten sich die hitlerschen Raketen in verschiedenen Teilen der Welt. Das war der Anfang des jahrzehntelangen atomaren Wettrüstens der beiden Großmächte UdSSR und Amerika, damit begann der »kalte Krieg«.

An der KPP-Stelle wurden unsere Dokumente geprüft, unsere befristeten Passierscheine, Genehmigungen und andere begleitende Papiere vom Verteidigungsministerium und dem Generalstab – doch wir durften nicht hinein. Da halfen keine Telefonate und keine drohenden Warnungen gegenüber den Posten, die uns die Erlaubnis verweigerten. Wir sagten, wir seien wichtige Gäste, wir würden erwartet, wir würden sie anzeigen, wenn sie uns nicht auf der Stelle passieren ließen. Mit undurchdringlichem Gesicht standen die Posten in Habtachtstellung. Das war merkwürdig. Die Vorschriften zur Geheimhaltung hatten sich während der Perestroika sehr gelockert. Nach dem Ende des Ost-West-Konflikts wurde das Versuchsgelände nur noch eingeschränkt genutzt, Raketenstarts gab es so gut wie keine mehr. Die alten Raketen wurden verschrottet, für neue fehlte das Geld. Die Supermacht, die die halbe Welt in Schach gehalten hatte, kam zu einem Provinzland der Dritten Welt herunter. Viele Experten, Spitzenkräfte auf ihrem Gebiet, verließen die Stadt, in der es keine Perspektive mehr gab, oder sogar das Land, oder sie wechselten den Beruf. Wie ein Satellit des Versuchsgeländes begann die Stadt vor aller Augen zu schrumpfen und abzusterben. Längst waren

Menschen von auswärts zugezogen, die mit dem militärischen Versuchsgelände nichts mehr zu tun hatten.

Doch in der Stadt zu wohnen war eine Sache; dort einen Film zu drehen war etwas ganz anderes. In unserem Fall wollte man sich offenbar rückversichern. Der gesamte Verteidigungsapparat der Stadt lief heiß. Für sie waren wir unbekannte Objekte, Außenseiter, die ihr, der Stadt, vielleicht feindlich gesonnen waren, Menschen, deren Denkweise unverständlich war. Und sie, die Stadt, stellte ihre Stacheln auf wie ein Igel. Sie wollte sich nicht ausliefern. Sie wollte sich nicht bloßstellen. Sie wollte uns nicht hereinlassen. Der Regisseur war verzweifelt.

Da handelte ich kurzentschlossen. Ich drehte mich um, und vor den Augen der Wachposten, die jede unserer Bewegungen argwöhnisch verfolgten, schlug ich mich in die Johannisbeerbüsche – offenbar einfach nur so, vielleicht auch auf der Suche nach einer Stelle, wo man pinkeln konnte. Die Wachtposten – allesamt junge Soldaten – schauten schamhaft in eine andere Richtung. Leichten Schritts verließ ich die überwachte Zone und stieß auf einen kaum erkennbaren, aber mir bekannten Pfad; er führte zu einem mannshohen Loch in der Betonmauer, die die Stadt jetzt anstelle des Stacheldrahtzauns umgab. Durch dieses Loch kam man ohne Passierschein in die Stadt. So hieß es auch: »Gehen wir durchs Loch!« Wie oft war ich hier durchgeschlüpft. Das Loch war immer noch an derselben Stelle wie früher im Stacheldraht. Und ich war hier zu Hause, ich war von hier. Drüben finde ich mich auf der Straße der Sowjetarmee wieder, wo zwischen anderen einstöckigen, gleichförmigen Holzhäusern auch unser Haus steht, umgeben von einem Garten. In so einem Haus wohnte vor seinem Flug ins Weltall auch Juri Gagarin. Mama erwartet mich, ich habe aus Moskau angerufen und gesagt, daß ich komme. Doch vorher gehe ich zum militärischen Hauptquartier. Wir müssen das Aufnahmeteam reinholen.

Im Hauptquartier stellt man uns dem General vor.

»Ich nehme an, Sie werden einen Film drehen, der unserer außerordentlichen Stadt und unserer bemerkenswerten Landsmännin gerecht wird«, sagt er mit weicher, aber eindringlicher Stimme zu unserem Regisseur.

Dann bringt man uns zum Oberst, in dem ich sofort Jura Danilow erkenne, mit dem ich als Kind die vereisten Schneehügel hinuntergerodelt bin. Wir erklären ihm, daß wir unbedingt Kinder für die Aufnahmen brauchen. Einen Jungen und zwei Mädchen. Eines der Mädchen soll so ähnlich aussehen wie ich als Kind. Die anderen Kinder sollen meine Freunde sein. Es soll eine Art dokumentarischer Spielfilm werden. Thema: die Kubakrise 1962. Drehen werden wir in der Stadt und außerhalb. Man erklärt uns, welche Objekte wir aufnehmen dürfen, bei welchen es unerwünscht oder nur mit Sondergenehmigung möglich ist. Das Filmen von geheimgehaltenen Objekten oder Regierungsstellen muß extra besprochen werden, das Hauptquartier, zum Beispiel, wo wir sitzen, ist absolut verboten. »Dürfen wir einen Raketenstart filmen?« fragt der Regisseur.

»Haben Sie eine Genehmigung?« fragt ihn der Oberst.

»Nein.«

»Dann geht es nicht.«

Ich sehe den Regisseur empört an. Daß man bei uns Raketen nicht »live« aufnehmen kann, ist ein schwerer Schlag.

Er war es, der im Verteidigungsministerium nicht um »Zulassung« (Geheimhaltung) nachsuchen wollte, um nicht auf mehrere Jahre Ausreiseverbot zu kriegen. Der Trottel will ins Ausland, nach Cannes, aufs Filmfestival!

»Aber wir haben ein Filmarchiv. Dort gibt es Aufnahmen von Raketenstarts«, tröstet ihn der Oberst.

Für die Zeit der Dreharbeiten stellen sie uns kostenlos einen Militärbus zur Verfügung, und wir werden mit einem Major bekannt gemacht, der uns bei den Aufnahmen begleiten soll. Er wird uns bei der Organisation helfen und uns gleichzeitig nicht aus den Augen lassen. Er hat ein schönes, graues, undurchdringliches Gesicht.

Die Kinder für den Film würden wir selbst finden, sagten wir beim Abschied.

»Na, wie geht's?« fragt mich Oberst Jura freundschaftlich nach dem offiziellen Teil.

»Ganz gut. Ich mache Filme, wie du siehst. Und schreibe Romane ...«

»Die hab ich gelesen«, sagt Jura. »Du schreibst sehr lebensnah.«

»Und was machst du so?« frage ich zurück.

»Nichts Besonderes«, sagt Jura. »Ich hab mich bis zum Oberst hochgedient. In einem halben Jahr gehe ich in Pension.«

Plötzlich zwinkert er mir mit seinen langen Pferdeaugen zu und lächelt verschwörerisch. Ich lächle auch. So habe ich ihn in Erinnerung, mit diesen länglichen Pferdeaugen, damals, als wir zusammen den hartgefrorenen Hügel hinunterrodelten und er mich umarmte und auf den Mund küßte. Wenn wir unten ankamen, standen wir auf, und ohne einander anzusehen, stapften wir wieder hinauf, schwankend wie Betrunkene, und oben ging es wieder von vorne los.

Wir beide sind die einzigen, die davon wissen.

»Lescha, schau, das ist ein M, und das ist ein A. Schreib mal: ›MA-MA ...‹« Leschas Stiefschwester Inna bringt ihm das Schreiben bei. Lescha sieht aus wie dreizehn, obwohl er schon fünfzehn ist. Seine Haare sind kurzgeschoren, er trägt ein schmutziges Hemd, er bohrt in der Nase und kaut an den Nägeln – und er begreift nicht, was Inna von ihm will. Seine himmelblauen Augen in dem schmalen, vergeistigten Gesicht, das schon von leichtem Flaum bedeckt ist, suchen nach Ablenkung. Und sie finden etwas. Er steckt die Hand in den Käfig mit einer Ratte, der neben ihm auf dem Tisch steht, und lacht laut.

»Du sollst schreiben, Blödmann!« schimpft die schöne Katja, ein feines Mädchen aus dem Nachbarhaus.

»Sejber böd«, sagt Lescha beleidigt. Er kann kein »l« sprechen, und es gibt noch etliche andere Laute, die er auch nicht aussprechen kann. Er kann weder lesen noch schreiben. Seine Mutter ist vor mehreren Jahren gestorben, und er lebt mit seinem Vater, einem Alkoholker, in einem ärmlichen Zimmer. Lescha ist geistig zurückgeblieben – ein »Närrchen«, wie der Volksmund solche Kinder liebevoll nennt.

Lescha, Katja und Inna haben wir für die Filmaufnahmen ausgesucht. Sie wohnen in derselben Straße wie meine Mutter. Inna, die auf schwer faßbare Weise mir als Kind gleicht, hat die Hauptrolle bekommen.

»Eine tolle Szene«, sage ich zum Regisseur. »Jetzt brauchst du bloß aufzunehmen.«

Der Regisseur wirft mir einen vielsagenden Blick zu und deutet auf den Major, der mit gelangweiltem Gesicht am Fenster sitzt und auf die Straße schaut. Als hätte er nichts mit uns zu tun.

»Komm mal kurz mit hinaus«, sagt der Regissseur.

»Siehst du nicht, daß unser Film für die Katz ist?« fragt er mich, als wir draußen allein sind.

»Warum?«

»Dieser Major weiß sofort über alles Bescheid, sobald wir nur die Kamera einschalten und mit der Aufnahme anfangen.«

»Bist du sicher?«

Der Regisseur nickt heftig. Wir sehen einander schweigend an.

Es war nie unser Plan gewesen, einen Film über die Kindheit einer Schriftstellerin zu drehen, die die Stadt mir ihren Büchern berühmt gemacht hat. Diese Geschichte war nur ein Vorwand, um eine Erlaubnis zu bekommen, in der abgeschlossenen Militärstadt zu filmen.

Wir träumten davon, einen Film über diesen Jungen zu machen, der in der Nase bohrt, an den Nägeln kaut, sich keine Buchstaben merken kann, der schlecht spricht, der geistig behindert ist, ein Narr, ein Idiot, um ihn sollte es gehen, um einen kleinen Idioten mit himmelblauen Augen, aus denen Gott spricht, um einen heiligen Narren unserer Zeit, einen Gerechten, auf dem eine Militärstadt ruht und damit die ganze Welt. Hatte uns die Stadt die Erlaubnis gegeben, so einen Film zu drehen? Einen Film über die Stadt, betrachtet mit den Augen eines Idioten?

Der Regisseur und ich stecken zusammen wie zwei Verschwörer, die mit List in eine fremde Stadt gelangt sind, um die ehrenhaften und anständigen Bürger zu hintergehen und sie bloßzustellen.

»Ich hab eine Idee«, sagte ich. »Wir machen einfach zwei Filme, einen über mich, und einen über ihn. Die Kamera fängt mit mir an und schwenkt dann auf den Jungen. Das wird der Major bestimmt nicht mitkriegen.«

»Das wird schwierig«, sagt der Regisseur.

»Das macht nichts, wir schaffen es schon. Hauptsache, das Filmmaterial reicht«, sage ich.

»Dann mußt du ein sehr straffes Drehbuch schreiben...«

Ich nicke und lächle dem Regisseur aufmunternd zu, aber mein Lächeln ist nicht ganz aufrichtig. Denn ich habe das Gefühl, nicht nur einen einfachen, sondern gleich einen doppelten Verrat zu begehen. Ich hintergehe nicht nur meine Stadt, ich hintergehe auch ihn, den Regisseur. Denn wir werden noch einen dritten Film machen, einen Film, so unsichtbar wie die Stadt Kitesch. Und von diesem Film hat der Regisseur nicht die leiseste Ahnung.

Die Stadt möchte, daß wir einen Dokumentarfilm machen, der sie von ihren guten Seiten zeigt, ohne ihre Nachteile zu verbergen, einen normalen, wirklichkeitsnahen Film.

Der Regisseur braucht keine künstlerische Wahrheit über den Menschen.

Ich brauche keine Legende über unsere Zeit. Von unserer Zeit bleiben ohnehin nur Legenden.

Ich kenne ein militärisches Geheimnis, das mein Regisseur nicht kennt.

Für ihn ist das hier nur eine gewöhnliche Garnisonsstadt mit einer zentralen Allee, gesäumt von staubigen Pappeln und weißen Akazien. Mit abblätternden, seit Jahren nicht mehr gestrichenen zweistöckigen Häusern in stalinistischer Architektur, mit den fünfstöckigen Häusern aus der Chruschtschow-Zeit und den neunstöckigen aus der Breschnew-Zeit, mit einem Platz, auf dem das obligate Lenindenkmal steht, mit dem Hauptquartier des Militärs, dem Haus der Offiziere, dem Kaufhaus, Restaurant, Banja und Markt – ein Städtchen, wie es in Rußland viele gibt.

Für mich war dieses scheinbar gewöhnliche, verschlafene Städtchen ein Ort der Apokalypse. Hier, wo 1962 während der Kubakrise der Weltfriede an einem seidenen Faden hing, hier habe ich gesehen, wie der Weltuntergang beginnt.

Am Abend des 28. Oktober 1962, als Sirenengeheul über der ganzen Stadt lag, saßen wir im Kindergarten an unseren Tischen und aßen zu Abend. An die Sirene waren wir gewöhnt, es hatte in diesem Monat jede Nacht mehrmals Probealarm gegeben. Aber heute klang sie anders, sie klang, als stoße der letzte Engel im Himmel über unserer Stadt in die Posaune, ein tiefer, verzweifelter, unaufhörlicher Ton, uuh-uuh-uuh!, so heulte die Sirene.

»Krieg!« schrie die Kinderfrau, die das Abendessen verteilt hatte, mit gellender Stimme. »Der Krieg hat angefangen!«

Sie konnte sich noch erinnern, daß der Große Vaterländische Krieg genauso angefangen hatte, mit dem Luftalarm vor den Bombenangriffen, mit dem Sirenengeheul. Sie wußte nicht, daß Amerika an diesem Tag ein Ultimatum gestellt hatte: Wenn die Sowjetunion ihre Raketen nicht aus Kuba abzog, würde Amerika einen atomaren Raketenangriff auf die Sowjetunion starten. In dieser Nacht lief das Ultimatum aus, und der Atomkrieg sollte beginnen. Als erstes würden die amerikanischen Raketen natürlich den Bestand an Atomraketen in unserem Land zerstören, und das hieß, unser Versuchsgelände, unsere Stadt, unsere Väter, die die Raketen bedienten, und – in einem Aufwasch, wie man so sagt – auch unsere Mütter und uns Kinder, alle Menschen, die in der Stadt lebten. Ein Tohuwabohu brach los. Man zog uns in aller Eile die Herbstmäntel an, brachte uns auf die Straße, wo wir uns in Zweierreihen aufstellen mußten. Ich stand neben meiner Freundin Natascha Bereskina, die in unserer Nachbarschaft wohnte. Natascha war ein vernünftiges, hochaufgeschossenes Mädchen, mit dem ich befreundet war, oder besser gesagt, das ich scheu und eifersüchtig liebte. Wir standen da in den gleichen grünen Mäntelchen, wie Schwestern, obwohl ich klein und dunkel war und sie groß und blond. Daß wir beide dort zusammen standen, beruhigte mich. Wenn wir zusammen waren, konnte uns nichts Schlimmes passieren. Aufgeregt liefen wir zur Straße des Sieges, zur Schule Nr. 232 – wie früher, beim Probealarm. Für uns war es wie ein Spaß. Mama hatte erzählt, wie sie als Kinder 1941 die Nachricht vom Kriegsausbruch mit Freudengeschrei begrüßt hatten. Es wurde schon dunkel, aber die Straßenbeleuchtung blieb ausgeschaltet. Leute kamen uns entgegengerannt, vor allem Soldaten und Offiziere. Sie sprangen auf Lastwagen und in Autobusse und fuhren davon. Auf dem Platz um das Lenindenkmal wimmelte es von »Zivilen« – so nannte man in unserer Stadt verächtlich die Männer, die nicht zum Militär gehörten –, Frauen mit Säuglingen, älteren Menschen. Jemand mit einem Megaphon forderte sie mit gellender Stimme auf, nicht in Panik zu geraten und ruhig auf die Autobusse zu warten, die sie an einen sicheren Ort bringen würden. Aber welcher Ort auf der Welt konnte in einer solchen Nacht schon sicher sein?

Hand in Hand liefen wir durch die dunklen Straßen, am Haus der Offiziere vorbei, wo wir immer zur Weihnachtsfeier gingen und zur Totenfeier für abgestürzte Flieger, ins Kino oder ins Konzert. Dann durch die Straße der Sowjetarmee, vorbei an einem großen Haus hinter einem hellblauen Zaun, dort wohnte General Wassili Iwanowitsch Wosnjuk, ein kleiner, kahlköpfiger und sehr gutmütiger Mann, der am Aufbau unserer Stadt beteiligt gewesen war; wie oft hatten wir bei ihm auf dem Zaun gesessen und Kirschen gepflückt, neben dem geräumigen Gästehaus für die Raketenbauer, die aus Moskau und anderen Städten zu uns kamen, um die Raketen zu perfektionieren und für den Start bereitzumachen; hier hatte uns »Onkel Serjoscha« im Auto spazierengefahren, erst später erfuhren wir seinen Familiennamen: Koroljow, der oberste Ingenieur im Raketenbau, ein berühmter Pionier der sowjetischen Raumfahrt. Vorbei an dem Holzhäuschen Nummer zehn, wo Natascha wohnt, vorbei an Haus Nummer acht, wo Mama und ich wohnen. Mein Vater wohnt nicht bei uns, sondern in einem Wohnblock an der Tschernjachowski-Straße. Wir laufen die Uferstraße der Artillerie entlang, wo sich die Filterstation befindet, dort bringt Mama Wasser zur Analyse hin, das ist ihr Beruf; und dann die Straße der Luftfahrt, an der »Deschurka« vorbei, dem Lebensmittelgeschäft, wo wir immer Brot geholt haben, Schwarzbrot für 14 Kopeken und Weißbrot für 20 Kopeken pro Kilo, und zu jedem Laib Weißbrot gab es noch eine Kruste, die wir längst aufgegessen hatten, wenn wir zu Hause ankamen. Vor der »Deschurka« ist eine große schwarze Grube ausgehoben, dort wird seit ewigen Zeiten ein Wasserrohrbruch repariert. Wir müssen auf einem schmalen, glitschigen Pfad um die Grube herum. Dann an der Leninstraße vorbei, wo jedes Jahr die Erste-Mai-Parade stattfand, am Boulevard des 9. Mai vorbei, dort war die Badeanstalt. Am Soldatenpark vorbei, wo der Wasserturm stand, der den Himmel abstützte; von dort oben konnte man die ganze Stadt sehen und das Dorf und den Fluß Postepka, der durch das Dorf floß, und die Melonenfelder und ein Stück vom Achtuba-Fluß und sogar die Wolga, die irgendwo mit dem Himmel verschmolz. Ich lief und lief und verabschiedete mich von der Stadt.

Wir stellten uns auf dem Schulhof auf und bekamen Tüten mit Trockenproviant.

Die Jungen im Autobus redeten aufgeregt durcheinander: »Zuerst, bei der ersten Stoßwelle, sterben die, die in der Stadt geblieben sind. Wir sterben beim zweiten. Aber unsere Raketen reichen weiter, und wir vernichten Amerika.«

Wir wurden in die Steppe gebracht. Die Scheinwerfer beleuchteten zwei verkrüppelte Pappeln. Ich stieß Natascha an.

»Erkennst du die Stelle? Die zweite Stellung.«

Im Frühling waren Natascha und ich hierher gekommen, um Tulpen zu pflücken. Wir fuhren mit dem Fahrrad, wir sahen, daß die Steppe rot von Tulpen war – und waren wie von Sinnen. Wir pflückten und pflückten, einen blutfarbenen Haufen nach dem anderen schichteten wir neben unseren Fahrrädern auf. Dann legten wir uns hin, um auszuruhen, und schliefen ein, ermüdet von der Frühlingssonne.

Die ganze Steppe suchten sie nach uns ab. In der Steppe findet man einen Verirrten genauso schwer wie im Wald. Gegen Abend hatten sie uns gefunden, und wir wurden im Militärbus in die Stadt gebracht. Die Tulpen legten wir am Fuß des Kleinen Lenindenkmals nieder. Bei uns in der Stadt gab es zwei Lenindenkmäler – ein riesiges auf dem Platz, und ein kleines, in Menschengröße im Park. Dorthin brachten wir unsere Sträuße, und es sah aus, als stünde Lenin bis zu den Knien in Blut. (Vor kurzem rief mich Natascha nach Jahren des Schweigens unerwartet zu meinem Geburtstag an und sagte: »Weißt du noch, deine und meine Tulpen?« Und wir schwelgten in der Erinnerung an jenen Ausflug. Eine Freundin hatte unser Gespräch eifersüchtig belauscht, und als ich den Hörer auflegte, rief sie: »In unserer Freundschaft hat es auch viel Schönes gegeben! Bildlich gesprochen hatten wir auch unsere roten Tulpen!« »Ja, wir haben auch viel Schönes erlebt«, sagte ich. »Aber die Tulpen, die hab ich nur mit Natascha gehabt.«)

Die Steppe wimmelte von Kindern, aus allen Schulen und Kindergärten waren sie hergebracht worden. In der Dunkelheit hörte man Lachen, Schreien, Gespräche. Feuer durften wir nicht machen, die Amerikaner hätten es von ihren Satelliten aus gesehen. Ich breitete meinen Mantel auf dem Boden aus. Natascha und ich lagen nebeneinander, wir hielten uns fest umschlungen und hatten uns mit ihrem Mantel zugedeckt. Wenn wir in der Nacht getötet werden sollten, dann zusammen. Für alle Fälle sagten wir einander Lebewohl. Lange konnten wir nicht einschlafen. Mich quälte die Frage, wo Nadjka war, das Mädchen, das im Haus neben uns wohnte, ein Kind mit Down-Syndrom, alle lachten über sie und nannten sie Närrin. Ich mochte sie sehr gern. Bei der Evakuierung hatte man sie nicht in den Autobus einsteigen lassen: Nadjka stand nicht auf der Liste. Und ich hatte verschwiegen, daß ich sie kannte. Es ließ mir keine Ruhe, daß wir sie zurückgelassen hatten. »Ach, sie ist doch nur eine Blöde«, sagte Natascha vernünftig. »Wenn sie stirbt, ist das nicht so schlimm.« Ich rückte von Natascha ab. Irgendwann schliefen wir ein. Nachts wachte ich auf und durchlebte den »Arzamas'schen Schrecken« – jene Todesangst, die Tolstoi als Erwachsener erfuhr. Ich weiß noch, daß ich in erwachsenen Worten an den Tod dachte, als sei meine Seele plötzlich erwachsen geworden. Dieser schreckliche Gedanke an den Tod, daran, daß ich vielleicht schon tot war, brachte mich damals fast um den Verstand. Rings um mich herum war nur Dunkelheit. Ich dachte, dies sei vielleicht, nein, gewiß der Weltuntergang. Ich lag da und wartete auf die Dämmerung und tat kein Auge zu. Ich hatte Angst, im Schlaf zu sterben. Ich wollte es bei vollem Bewußtsein miterleben. Ich stellte mir auch noch vor, daß alle sterben würden, daß die ganze Menschheit aussterben würde, aber dieser Gedanke berührte mich nicht. Den Weltuntergang erlebt jeder Mensch für sich allein. Gegen Morgen fing ich an, Nadjka zu suchen, ich glaubte trotz allem, daß sie mit einem anderen Autobus gekommen war. Als ich sie zwischen all den Kindern, die dort auf dem Steppenboden schliefen, nicht fand, ging mir auf, daß sie völlig hilflos und ohne zu begreifen, was geschah, allein in der Stadt zurückgeblieben war, allein mit dem Tod. Was machte sie dort allein? Ich habe sie dem Tod ausgeliefert, dachte ich, und das Herz schlug mir bis zum Hals. Ich zitterte wie wahnsinnig – bis irgendwann die Sonne aufging, bis es hieß, die Zeit des angedrohten Angriffs sei verstrichen, es würde keinen Krieg geben.

Viel später erfuhr ich von meinem Vater, daß er in dieser Nacht Dienst hatte und theoretisch der Mensch hätte sein können, der den Knopf drückte, woraufhin die Welt in Stükke geflogen wäre. Ich fragte ihn: »Was habt ihr denn gemacht, woran habt ihr gedacht, als ihr da an den Knöpfen gesessen habt, vor dem Weltuntergang?« Er dachte kurz nach, dann sagte er: »Wir haben Préférence gespielt.« Ich hatte etwas Besonderes erwartet, irgendeine Offenbarung hatte ich von dem Menschen erwartet, der die Welt hätte zerstören können. Und dann so etwas Banales. Später erst verstand ich: Ja, so mußte es sein. Die Apokalypse muß genau so eintreten wie bei Tschechow: Bevor man sich eine Kugel in den Kopf schießt – sich oder der Welt –, spielt man Préférence.

Mein Vater, ein schöner Mann, der gerne lachte und die Seele der ganzen Kompanie war, der eine glänzende militärische Karriere machte und es im Alter von 33 Jahren bis zum Major gebracht hatte, reichte nach der Kubakrise sein Gesuch um Versetzung in den Ruhestand ein. Er verließ meine Mutter und mich, und er verließ die Stadt, um nie wiederzukehren.

Meine Mutter meinte immer, in jener Nacht habe er den Verstand verloren.

Ich meine, wir alle in der Stadt haben damals den Verstand verloren.

Der Regisseur und ich beschließen, daß wir einen Film darüber drehen müssen, wie unser Held in dieser nun wirklich sonderbaren Stadt lebt. Er ist aus einer armen Familie, eine Waise.

Die erste Szene filmen wir im Park des Hauses der Offiziere. Der Major ist wie immer bei uns. Der Major ist ein Menschenfreund, scherzt die Kamerafrau Ira. Wir machen nicht einmal den Versuch, zu erfahren, wie er heißt. Ich versuche es mit einem Ablenkungsmanöver. Mit einer weit ausholenden Geste zeige ich auf die Tanzfläche:

»Hier spielte das Blasorchester ... Hier fanden die Tanznachmittage statt, bei denen meine Eltern sich kennenlernten.«

Der Major schaut auf die Uhr und geht zu einer Telefonzelle.

In dem Augenblick schickt der Regisseur unbemerkt Lescha, den Narren, aus, der mit gewohnter Findigkeit beginnt, im Park die leeren Flaschen einzusammeln, die der Regisseur vor der Aufnahme dort versteckt hat. Später wollen wir filmen, wie er sie verkauft und sich eine Flasche Milch kauft. Ira schwenkt die Kamera mit einer verstohlenen Bewegung von mir auf Leschka.

»Das ist die Security bei uns!« sagt sie mit einem Blick auf den Major. »Der kriegt aber auch gar nichts mit!«

Wir gehen über einen Acker, wo die Soldaten nebenher Landwirtschaft betreiben, dazu gehört auch eine Schweinezucht. Der Regisseur sucht Natur. Er braucht eine Szene, in der Lescha einen Pfad entlanggeht, mit nichts als Himmel im Hintergrund. Ich zeige auf den Schlangenhügel.

»Warum Schlangenhügel?« fragt er. »Schon wieder eine Legende?«

»Nein. Bloß wenn der Frühling kommt, kriechen die

Schlangen alle auf den Südhang, um sich dort nach dem Winterschlaf aufzuwärmen«, erzähle ich. Ich erinnere mich an jenen Frühlingstag in meiner Kindheit, als ich hierher kam, um Schneeglöckchen zu pflücken, und drei Schlangen sah: Die erste war riesig und lag quer über dem Weg, in ihrer ganzen monströsen Schönheit; sie schaute mich mit bösen Menschenaugen an, die mich völlig durchdrangen. Die zweite war kleiner, ich traf sie eine Stunde später, als ich dabei war, Blumen zu pflücken, sie lag da und sonnte sich. Als ich sie fotografieren wollte, reagierte sie unerwartet heftig, ringelte sich zusammen und schaute mir in die Augen. Ihre Pose für Gefahr, wie ich später erfuhr. Sie hypnotisierte mich und nagelte mich fest, bis sie davongeschlüpft war.

Die dritte war eine kleine graue Schlange, ich wäre fast auf sie getreten und zwar ausgerechnet in dem Moment, als mich Sonne, Frühling und Frühlingsdüfte besonders beglückten, und ich erschrak, daß ausgerechnet in einem Augenblick des Glücks die kleine graue Schlange herangekrochen war.

»Brrrr ...«, der Regisseur schüttelt sich. »Na gut, versuchen wir es. Ich will doch hoffen, daß die Schlangen im Spätherbst schon schlafen gegangen sind.«

Vor dem Hintergrund des weiten, leeren Himmels geht Lescha über den Hügel und zieht ein Fahrradgestell hinter sich her.

»Heute ist ein Glückstag. Wir haben eine Szene gefilmt, in der Leschka mit seinem Vater auf der Treppe vor dem Haus sitzt. Der Vater fragte Leschka: Was ist da oben am Himmel, Leschka?«

»Was is da?«

»Sterne. Sprich mir nach: Sterne.«

»Ja. Sch-erne«, sagt Lescha.

»Die Sonne.«

»Son-ne ...«

»Der Mond.«

»Mo-od ...«

»Und was sonst noch, Leschka?« fragt der Vater, und sein alkoholerweichtes Hirn erinnert sich nicht mehr daran, was für Planeten am Himmel stehen, Mars oder Venus. »Was ist sonst noch da?«

Leschka wird still, sein Gesicht verwandelt sich, und plötzlich sagt er deutlich:

»Gott ...«

Der Vater sieht Leschka entsetzt an, dann zum Himmel hinauf.

Ira filmt. Wir haben Angst, sie zu stören. Sie hat die Szene aufgenommen. Der Regisseur und ich umarmen uns.

»Das wird ein Film!« sagt er glücklich.

Der Regisseur und ich gehen ins Kinoarchiv. Der Techniker, der dort arbeitet, ist mein ehemaliger Nachbar in unserer Straße, Schurik Zaplin. Als ich klein war, vergötterte ich ihn. Er behandelte mich wie eine kleine Schwester. Er war acht Jahre älter als ich. Im Scherz wurden wir einander versprochen. Als ich zehn war, ging er in die Armee. Und ich fühlte mich als seine Braut und wartete und schrieb ihm Briefe. Als er aus der Armee zurückkam, war er verheiratet, er hatte mich einfach vergessen. Aber ich blieb trotzdem seine verschmähte Braut.

Schurik führt uns das ganze Kinoarchiv vor, von morgens bis abends. Der erste Sputnik. Die Hunde Belka und Strelka im Weltall. Die ersten Raketenstarts. Und dann sind wir schon bei den zeitgenössischen Raketen. Aber das ist alles nicht das richtige.

»Schurik, das ist alles nicht das richtige«, sage ich.

»Was braucht ihr denn?« fragt Schurik.

»Den Weltuntergang«, sage ich.

Schurik sieht mich scharf an und geht hinaus. Er kommt mit einem Film zurück, der die Explosion beim Raketenstart im Weltraumzentrum Baikonur zeigt, bei der General Nedelin umkam. Dort kamen auch viele von unseren Offizieren um, denn Kap Jar und Baikonur waren wie kommunizierende Röhren: Unsere Offiziere fuhren zu den Raketenstarts dorthin, und die Offiziere von Baikonur kamen zu uns. Bis heute kann ich mich an das Wehgeschrei, das Weinen und Klagen erinnern, das unsere Stadt in jenen Tagen erfüllte.

Bei den ersten Bildern verstummen wir. Erstarrt sehen wir uns die entsetzlichen Szenen der Atomkatastrophe an, die hier dokumentarisch festgehalten worden ist. Auf der Leinwand sehen wir die Apokalypse. So abgebrüht das klingen mag – das sind die Bilder, die wir brauchen. Der Regisseur und ich wollen aufbrechen.

Schurik hält mich zurück. In der Hand hält er eine Dose mit einer Filmspule.

»Sieh dir das noch an. Ich habe es extra für dich mitgebracht.«

Der Regissseur geht hinaus. Ich bleibe.

Eine Chronik der letzten fünfzehn Jahre. Über den Anfang der Perestroika, als man begann, im Rahmen des Abrüstungsprogramms der USA und der UdSSR auf dem

Übungsgelände von Kapustin Jar die SS-20 Raketen zu vernichten. Damals waren das die stärksten sowjetischen Raketen. Eine liegt mitten in der Steppe, wie ein gestrandeter Wal am Meeeresufer. Menschen laufen hin und her. Offiziere bereiten die Rakete für die Vernichtung vor. Auf Tribünen sitzen Leute wie bei einem Fußballpiel oder einer Parade. In den vorderen Reihen ausländische Beobachter und Journalisten, dahinter die Frauen der Offiziere, aufgemacht wie im Theater. Im Vordergrund ein Offizier mit unbewegtem Gesicht. Er zieht am Ohrläppchen, um zu hören, ob es ein Geräusch gibt oder nicht, und an dieser Bewegung erkenne ich ihn. Mein Klassenkamerad Sascha Woronin. Er ist der Vollzugsoffizier, derjenige, der die aus der Fabrik gebrachte Rakete überprüft und startbereit macht. »Saschka streichelt den Körper einer Rakete, als wäre es der Körper seiner Liebsten«, belustigte sich einmal ein anderer Klassenkamerad von mir, Sergej Kapjarski, der auch Raketenstarter wurde. Und die Raketen erwiderten Saschas Liebe. Saschas Raketen trafen immer ihr Ziel, sie flogen irgendwie mit einer besonderen Verständigkeit und Virtuosität, sie waren voll banger, herzklopfender Erwartung, wie Lebewesen. Sie flogen so schön! Sascha war ein Genie, er war ein Raketenmozart, und genauso wie Mozart war er auch ein »trinklustiger Tunichtgut«. Ach wie viele trunkene, verrückte Abende haben wir in der Laube in meinem Garten verbracht, wenn wir Klassenkameraden, die hier in Kap Jar geblieben waren, uns trafen! Wie er Gitarre spielte, wie er Witze machte, wie er lachte! Ach, wie viele Fischsuppen, wie viele Eimer voller Krebse haben wir nach dem Angeln an der Achtuba gekocht! Ach, wie viele Wünsche haben wir uns ausgedacht, damals, im August, wenn die Sternschnuppen fielen. Wir waren weder enge Freunde noch Liebende, nichts Tieferes verband uns miteinander. Ich war nur seine ehemalige Klassenkameradin, aber er nahm mich, um mit mir das Leben zu feiern, so wie ein Künstler unweigerlich eine Künstlerin wählt.

Doch jetzt erkenne ich ihn nicht wieder.

Er bewegt sich sehr seltsam, als wäre etwas in seinem Organismus gestört. Mal hebt er zum falschen Zeitpunkt die Hand, mal dreht er sich nicht rechtzeitig um. Er tritt an die Rakete heran, und als er den Auslösemechanismus einstellt, breitet sich eine Traurigkeit über sein Gesicht, als sollte er die eigene Mutter erstechen. Oder als begrabe er ein Kind.

Alles ist zur Zündung bereit. Da kriecht eine riesige violette Wolke ins Bild. Solche Wolken gibt es nicht in der Natur. Aber sie ist da. Ein Gewitter unglaublicher Stärke entlädt sich. Donner schlägt, Blitze zucken, der Regen steht in der Luft wie eine dichte Wand. Die Journalisten auf der Tribüne werden in den Garderobenkiosk verfrachtet. Die Frisuren der Offiziersgattinnen verwandeln sich in triefende Strähnen. Sascha Woronin hebt die Hand. Er gibt das Kommando zur Zündung. Er winkt. Ein Laut ertönt, der ebensogut ein Donnerschlag wie eine Explosion sein könnte. Ein gewaltiger Blitz zerreißt den Himmel und taucht das Geschehen in ein gespenstisches Licht. Einen Augenblick lang beleuchtet der Blitz Saschas Gesicht, es ist violett wie bei einem Toten, mit riesigen weinenden Augen. Ich springe von meinem Stuhl auf, ihm entgegen, als wollte ich ihm zu Hilfe eilen. Menschen mit solchen Gesichtern enden im Selbstmord. Die Episode ist zu Ende.

»Später hat er angefangen zu trinken und sich dann aufgehängt«, sagt Schurik, während er die Rolle zurückspult.

»Wer?« frage ich leer.

»Ja, wer wohl? Sascha Woronin. Hast du ihn nicht erkannt?«

»Wann war das?« frage ich mit erstickter Stimme.

»Ein Jahr wird es wohl her sein.«

»Das hat mir niemand erzählt.«

»Was gibt es da zu erzählen? Bei uns in der Stadt macht das jetzt einer nach dem andern.« Schurik zeigt mit unmißverständlicher Geste, was sie machen. »Ich kann Saschka verstehen. Keine Arbeit. Und vor allem – keine Perspektive. Ein Raketenstart pro Jahr, ist das normal? Komm, meine Braut!« sagt er, und ich zucke zusammen. Erinnert er sich wirklich noch?

»Was? Meinst du, ich hab vergessen, wie du mir deine Kritzeleien geschickt hast, als ich beim Militär war?« fragt Schurik selbstzufrieden. »Sie liegen heute noch irgendwo herum ...«

Der Regisseur hat seinen Film gedreht. Aber ich noch nicht. Wie Boriska, der Glockengießer aus Tarkowskis Film, habe ich den Lehm noch nicht gefunden, der die Glocke zum Klingen bringt. Eine Szene fehlt mir noch.

»Ich verstehe dich nicht«, sagt der Regisseur. »Wir haben doch soviel Material ...«

»Nein«, sage ich. »Du wirst sehen, ohne diese Szene wird der Film nicht gelingen.«

Besser sollte ich hinzufügen: Die Legende vom Weltuntergang wird nicht gelingen.

Wir drehen in der Ruine des Kaufhauses. Nach der Revolution war es das Gebäude des NKWD. Während der Perestroika wurde es in Brand gesteckt.

Lescha streift durch die Trümmer, pfeift, redet mit den Vögeln. Sie antworten auf sein Pfeifen.

»Also, was willst du?« fragt mich der Regisseur. »Was soll er machen?«

Ich weiß selbst nicht, was ich will.

Leschka hat Holzspäne gesammelt, zündet sie an, wärmt sich die verfrorenen Hände über dem Feuer. Rote, große Hände, die denen von Nadjka gleichen.

»Stop«, sage ich, und mein Herz steht einen Augenblick lang still. »Stop.«

Ich hab's gefunden. Das war es, was Nadjka, die Närrin in jener Nacht tat, als der Weltuntergang bevorstand. Als wir sie allein in der Stadt zurückließen. Natürlich, sie machte ein Feuer. Es war kalt. Sie wußte nicht, daß man kein Feuer machen durfte, und sie wärmte sich die verfrorenen großen, roten Hände.

»Das filmen wir«, sage ich.

Jetzt hatte ich meine Legende von unserer Stadt gefilmt.

Nun konnten wir abreisen.

Ich gehe ins Geschäft, um Brot zu holen. Vor dem Geschäft klafft wie immer eine Baugrube. Wieder ein Wasserrohrbruch, der repariert wird. Ich gehe auf dem schmalen unsicheren Pfad um die Grube herum. Und plötzlich, fast am Ende, kommt mir Nadjka entgegen, einen Laib Brot unter dem Arm. Wir begrüßen uns, bleiben am Rand der tiefen Grube stehen. Offensichtlich freut sich Nadjka, mich zu sehen. Ich weiß nicht, worüber ich mit ihr reden soll, seit dreißig Jahren weiß ich es nicht, deshalb grüßen wir uns nur noch. Aber jetzt zögere ich aus irgendeinem Grund. Ich sehe in ihr lächelndes, schwachsinniges Gesicht, in ihre schwachsinnigen leeren Augen und stelle ihr unwillkürlich die förmliche Frage: »Nadjka, wie geht es dir?«, und erwarte die ebenso förmliche Antwort: »Ganz gut.« Doch plötzlich stöhnt sie dumpf auf, als hätte ich ihr mit dieser Frage wie mit einer stumpfen Axt auf den Kopf gehauen und als hätte sich bei ihr dort im Kopf plötzlich etwas gelichtet, Verstand blitzt in ihren Augen auf, klar und scharf sieht sie mich an, und aus ihrem Mund kommen Worte, die mir das Herz zusammenziehen: »Mal so, mal so, Sweta. Manchmal so elend, daß ich den Kopf in die Schlinge stecken will. Aber manchmal ist es in Ordnung. Ich lebe. Es ist in Ordnung ...« Wir stehen am Rand der Grube, mir ist schwindlig, und ich habe das Gefühl, wenn wir jetzt nicht sofort auseinandergehen, falle ich hinunter. »Komm, laß uns von der Grube weggehen«, sage ich zu Nadjka, »ich fall noch hinein.« Nadjka schaut in die Tiefe und sagt: »Damals hab ich mich hier die ganze Nacht versteckt, weißt du noch, als uns die Amerikaner bombardiert haben?« Es zerreißt mir das Herz. »Wo hast du dich versteckt?« frage ich hohl, »in dieser Grube?« »Ja, ja,« sagt Nadjka, »ich durfte nicht im Autobus mitfahren, da bin ich nach Haus gelaufen, es war dunkel, und ich bin in die Grube gefallen.« »Du hast die ganze Nacht hier gesessen?« frage ich. »Zuerst hab ich geschrien«, sagt sie und verstummt. »Und dann? Was war dann?« frage ich. Aber sie schweigt beharrlich. Die Klappe ist wieder zu. Ein Schleier breitet sich über ihre Augen. Sie sieht mich leer und schwachsinnig an. Das Herz klopft mir bis zum Hals. Ich gehe vorsichtig um sie herum und verschwinde rasch im Geschäft. Ich gehe und weine stumm, ohne Tränen. Warum war ich hierher gekommen? Warum mache ich diesen Film? »Lieber Gott, verzeih mir das mit Nadjka«, bitte ich.

Ich sehe mich um. Nadjka steht immer noch reglos an der Grube und sieht mich mit ihren schwachsinnigen Augen an.

»Nadja ...«, sage ich zu ihr.

Wieder leuchtet etwas in ihren Augen auf. Sie macht einen Schritt in meine Richtung, ich stürze auf sie zu. Ich umarme sie, und sie stupst immer wieder ihr Gesicht, das sofort tränennaß ist, an meines, wie ein Kind, das noch nicht küssen kann. Sie küßt mich nicht mit den Lippen, sondern mit dem ganzen Gesicht, mit den tränennassen Wangen, der Stirn, dem Kinn ...

»Ich haatte soooo große Angst.« Sie schielt hinunter in die Grube. »Allein, ohne dich ...«

Ich blicke in ihr verweintes Gesicht und sage ratlos:

»Ich weiß, Nadja ... Nadja, verzeih mir ...«

Und ich denke mir, daß Gott damals Nadjka gerettet hat und nicht uns. Wenn es wirklich einen Krieg gegeben hätte, wären wir dort draußen in der offenen Steppe sofort bei der ersten Stoßwelle umgekommen. Aber Nadjka in der tiefen Grube hätte überlebt. Vielleicht als einzige von allen Menschen.

Vor der Abreise bekommt der Regisseur Herzprobleme. Die übermäßige Anspannung der letzten Tage macht sich bemerkbar. Ich gehe ins Hauptquartier, um mich von Oberst Jura zu verabschieden.

Der Oberst ist allein in seinem Zimmer. Er sitzt am Tisch und schreibt etwas. Auf meinen Gruß hin schaut er nicht auf und brummt nur etwas Unverständliches.

»Also, wir fahren jetzt«, sage ich. »Ich wollte mich verabschieden.«

Jura hebt den Kopf und wendet mir sein finsteres Gesicht zu.

»Na?« sagt er und starrt mich an. »Habt ihr den Film über euren Narren fertig?«

Ich werde verlegen.

»Jura! Wir haben einen Film über meine Kindheit gedreht«, sage ich vorsichtig.

»Verarsch mich nicht!« sagt er aggressiv. »Diese ver... flixten Intellektuellen!« Und er fährt fort, zu fluchen wie ein Kutscher. Ich drehe mich auf dem Absatz um.

»Du hältst uns hier wohl für Schafe, was? Alle gleich belämmert, was? Die Aufklärung funktioniert bei uns allerdings noch. Und ich habe vom ersten Bild an gewußt, warum ihr hier filmt...«, ruft er mir hinterher.

»Warum hast du uns dann nicht davon abgehalten?« Jetzt werde ich auch wütend.

Er schweigt, und ich sehe mich um.

Sein Blick ist unglücklich.

»Ach, filmt doch, was ihr wollt«, sagt er müde. »Die Stadt ist sowieso hin. Alles verfällt«, setzt er bitter und leidenschaftlich hinzu. »Swetka, kapierst du das denn nicht? Wir haben das Land versaut. So ein Land!...«

Wir verabschieden uns als Freunde. Er sieht mich schief aus seinen Pferdeaugen an und fragt plötzlich verlegen:

»Kannst du dich noch an den Hügel erinnern? Wie wir zusammen da hochgestapft sind?«

Hier in dieser Stadt erinnern sich alle immer an ihre Kindheit. Und wenn Gott uns alle zu sich ruft, werden wir als kleine Kinder vor ihm stehen, alle in einer Reihe, und ihm von unserer Kindheit erzählen: wie wir in der Steppe Tulpen gepflückt haben, wie wir die kleinen, vereisten Hügeln hinuntergerodelt sind und uns geküßt haben, wie wir nachts in der Steppe auf den Tod gewartet haben – ja, wir haben Ihm allerhand zu erzählen, aber nur aus der Kindheit, an das andere können wir uns nicht erinnern. Und vielleicht wird er uns verzeihen.

»Jura, daran, an diesen Hügel, werde ich mich mein Leben lang erinnern«, sage ich.

»Das Leben ...«, sagt Jura traurig, »wie schnell es vergangen ist!«

»Vom Leben bleiben nur Legenden«, erwidere ich, wie ein Echo. Dieser Satz klingt jetzt immer in mir, wie eine Musik.

»Wenn sie bleiben«, sagt Jura.

»Ich tue, was ich kann, damit sie bleiben«, sage ich.

»Du hast uns das ... Mach's nicht ganz runter, da in deinem Film. Du bist doch von hier, aus Kap Jar. ... laß den Leuten eine Hoffnung«, sagt er und sieht mir in die Augen. Und dann setzt er in völlig verändertem Ton, fast stöhnend, hinzu: »Ach, Swetka, man sollte schon so schnell wie möglich alt werden, damit man diesen ganzen Mist nicht mehr zu sehen braucht.«

Ich verlasse den Raum und gehe. Ich gehe durch die tote Stadt. Ich gehe über die tote Erde. Ich gehe durch ein totes Land.

Wir fahren in demselben Transporter zurück, in dem wir gekommen sind, und derselbe rotwangige kleine Soldat ist unser Chauffeur. Ich sitze direkt hinter ihm. Hinter mir sitzt das Filmteam, alle plaudern fröhlich, stoßen mit Soldatenbechern voller Schnaps an. Ich trinke nichts. Ich bin krank. Ich habe hohes Fieber.

Wir kommen an das Denkmal der Goldenen Horde. Das Filmteam will aussteigen und ein paar Fotos machen, als Andenken. Ich bleibe im Auto. Die herbstliche Steppe ringsum ist von Traktoren aufgepflügt. Um zum Denkmal zu gelangen, muß das Filmteam über die frisch gepflügte Erde gehen, man sinkt tief ein.

Am Denkmal steht ein Bauer und bietet getrocknete Plötzen zum Verkauf.

Die Leute vom Filmteam fotografieren. Der Regisseur kauft Plötze bei dem Bauern. Der Regisseur beschwert sich bei dem Bauern:

»Man kommt ja kaum bis ans Denkmal. ... Bringen Sie hier die Wintersaat aus?«

»Wie das denn – Wintersaat in der Steppe?« ruft der Bauer aus.

»Aber warum ist denn sonst alles aufgepflügt?«

»Sie suchen nach dem goldenen Pferd. Der Khan Batyj hat es hier irgendwo vergraben«, antwortet der Bauer dem Regisseur, als sei er etwas verblödet. Weiter erklärt er nichts dazu, alles versteht sich von selbst, als sei es erst gestern geschehen.

Aus dem Russischen von Esther Kinsky

Serhij Zhadan
SEEMANNSPASS

Ab Mitte März verzog sich der Winter endgültig, und warme Nebel türmten sich am Ufer auf. Nachts war die Luft dunkel und durchsichtig wie sauber gespülte Flaschen aus grünem Glas, aber gegen Morgen stieg vom Meer Nebel auf und füllte die leeren Piere. Für einige Stunden verschwand ein Teil der Krim unter dichter feuchter Luft. Der Nebel war so schwer, daß man hören konnte, wie er in Tropfen zerfiel. Als erste in der Stadt erwachten die Trinker und Gemüsehändler. Sie krochen aus den Betten, zogen ihre erprobten Männerkleider an – türkische Jeans, zerknitterte Jacketts und ausgelatschte Lederhalbschuhe –, suchten ihre Zigaretten, gingen in die Küche, tranken abgekochtes Wasser aus elektrischen Teekesseln, öffneten die Fenster und ließen den Nebel in ihre vom Schlaf warmen Wohnungen. Die nasse Luft füllte schnell die Zimmer und lagerte sich auf dem müden Kram vierzigjähriger Männer ab – den Lederjacken, Autoersatzteilen und an die Decke gezogenen alten Fahrradreifen, die sich wie Wetterfahnen traurig in der Zugluft drehten. Leere Straßen, nur die Hunde wärmten sich bei den Weinkellern und Bücherbuden und bewachten verstaubte Pullen Portwein und alte Poesie. Gegen sechs rollten die Händler ihre Karren auf die Straße und zogen ihre

Ware zum Markt. Manche blieben auch einfach an einer Kreuzung hängen und breiteten dort ihr Angebot aus. Ihnen folgten Arbeiter, Straßenkehrer und einfach nur zufällige Nutten, die durch die Stadt irrten und versuchten, ihre Wohnungen zu finden, wobei sie Adressen verwechselten, Straßen nicht wiedererkannten, fremde Häuser betraten und unbekannte Schatten grüßten, die schnell in der Dunkelheit verschwanden und deren Schritte auf dem nassen Pflaster verhallten. Aus den Bars mit Spielautomaten wurden die letzten nächtlichen Besucher geschmissen, die sorglos aufstanden, ihre nächtlichen Verluste und ihr nächtliches Verlangen vergaßen und sich in ihre Löcher zurückzogen. Sie kamen heim, weckten Frauen und Kinder, schleppten sich durch den Gemeinschaftsflur, kletterten in Kleiderschränke, legten sich in alten, von Zeit und Liebe vergilbten Badewannen schlafen, zerschlugen Geschirr aus falschem Kristall, schlitzten sich mit stumpfen Rasierklingen die Venen auf, tranken Tee – dicht und süß wie der Nebel von der See her –, lasen Frauenmagazine aus dem letzten Jahr, schalteten das Radio ein und hörten den Wetterbericht, schenkten aber den Vorhersagen von Hochwasser, Erdbeben und baldigem Sommer keinen Glauben. Danach stürmten die Kinder auf die Straße und machten sich auf den Weg zur Schule. Im Nebel ließen sie lange, tiefe Korridore zurück.

Um acht öffneten die ersten Läden. Schläfrige Verkäuferinnen schoben die Riegel zurück, nahmen die Vorhängeschlösser ab und ließen die Straßenhunde in die Geschäfte, die trabten hinein und legten sich unter die Regale mit Dosenmais und goldenen Zwiebeln, dort lagen sie, atmeten warm und heizten mit ihrem Atem die feuchten Geschäfte. Die Verkäuferinnen zogen die Jalousien hoch, die Räume wurden durch die ersten Sonnenstrahlen erhellt und füllten sich mit schrecklich fröhlicher Musik, wie sie normalerweise auf Kurzwelle läuft. Kurz darauf wurde frisches Brot und Milch geliefert, die Zulieferer wechselten ein paar fröhliche Worte, die Hunde drehten die Köpfe und schauten mißtrauisch die Männer an, die das noch warme Brot von der Straße hereintrugen. Danach betraten ältere Frauen die Geschäfte, kauften Brot und Konserven, schlüpften unbemerkt wieder hinaus auf die Straße und kehrten in ihre Wohnungen zurück. Der Nebel hob sich, und die Sonne erwärmte die Dächer. Die Hauswände und Blätter wilden Weins blähten sich naß wie frisch gewaschene Wäsche. Entlang des Ufers standen die halb leeren Sanatorien, Speisesäle, zogen sich leere Parks, Pionierlagerbaracken, totes Frühlingsterritorium, seit langem nicht renovierte Gebäude mit staatlichen Möbeln und schweren, fett und süß gestopften Kühlschränken, die nachts plötzlich schwer erzitterten und die Bewohner mit jenseitigen Geräuschen weckten. Zwischen den Bäumen endlose Zäune, Wachen an den Einfahrten, Efeu an Backsteinmauern, sonniger Staub auf toten Denkmälern, kaum mehr leserliche Inschriften, die sich aus den siebziger Jahren erhalten hatten – wie nächtliche Bahnhöfe leben Märzkurorte von der Erinnerung an bessere Zeiten, an eine lärmende Menge, im März ruft das alles leise Wehmut und leichte Abscheu hervor, mit Regen übergossene und von der Sonne getrocknete verlassene Städte, deren Bewohner abgereist sind und dabei unzählige persönliche Gegenstände zurückgelassen haben, auf die jetzt manchmal Wachleute und Einbrecher stoßen. Die meisten Fensterläden standen offen, und wer wollte, konnte die Möbel betrachten, die man in der ganzen Stadt zusammengesucht und hierhergebracht hatte, Wandteppiche, alte Plattenspieler und Transistorradios, die Gegenstände waren meist zufällig und paßten nicht zu den ganzen Wandteppichen, weswegen die Zimmer an Abstellkammern erinnerten. Die meisten Zimmer waren nur im Sommer vermietet und standen den ganzen Winter über leer. Im Frühjahr machten die Besitzer dort sauber, lüfteten Kissen und Decken, vertrieben den toten Wintergeist, den Geist einer Wohnung, in der ein paar Monate lang niemand gewohnt hat, putzten den Boden, fanden Briefe, Telefonkarten und gebrauchte Kondome, Spuren fremder Leidenschaft und fremden Schmerzes sozusagen.

Um zehn öffneten die Apotheken, vor denen sich schon die Säufer zusammengeschart hatten, furchtsam betraten sie die leeren hallenden Räume und schauten sich irgendwie erregt die grellen Postkarten, bunten Pillen, goldenen Tränke und Sirups, duftenden Pulver und teuren Cremes an, betrachteten voller Angst und Hochachtung das verchromte Stahl der medizinischen Apparaturen, steriles Gerät, mit dessen Hilfe man diejenigen zurück ins Leben holt, die sich eher unsicher darin halten, buchstabierten die Namen von chimärischen Mitteln gegen Unlust und Unsterblichkeit, blickten mit großen Augen auf Liebespülverchen, die aufs Zahnfleisch geschmiert werden, näherten sich vorsichtig den Regalen mit Spritzen und Skalpellen, schielten mißtrauisch auf Berge chinesischer Präservative, warfen neidische Blicke auf den ganzen bunten pharmazeutischen Überfluß, kauften aber meist nur zwei Flaschen Arzneispiritus und gingen an die frische Luft, wo sie diese ganze unglaubliche Pharmakologie erleichtert aus ihrer Brust herausatmeten.

Vormittags schlenderten hier und da Bewohner der Sanatorien am Ufer entlang, verlorene und einsame Deserteure, jeden Tag kamen neue, geflohen vor dem ewigen Märzregen, der sich über die osteuropäischen Täler und zwischen den Flüssen liegenden Gebiete nördlich der Halbinsel Krim ergoß. Ein verschnupftes Publikum, zu zweit oder dritt irrten sie über Strände leer wie Stadien im Winter, beobachteten die Frachtschiffe, die in Richtung Sewastopol krochen, irrten über die Pfade im Park, setzten sich auf warme Steine, um Kriminalromane zu lesen, wobei ihre Sympathien überwiegend den Bösen galten.

Mittags zerstreuten sie sich, kehrten in ihre ungeheizten Nester zurück, in Zimmer mit Fernsehern kalt wie tote Herzen, begaben sich in die Speisesäle, grüßten ihre Bekannten und begannen ihre endlosen Gespräche über das Wetter und die Gesundheit, vielmehr – über den beklagenswerten Zustand des einen wie des anderen. In der Stadt unterbrachen die Arbeiter in den Lagerhallen und auf den Baustellen ebenfalls die Arbeit, holten ihren ganzen Alkohol hervor, ihre ganze Marschverpflegung, breiteten alles auf hölzernen Bänken aus, präsentierten der Sonne ihre tätowierten Schultern und erzählten die alten Geschichten von Geschäften, Frauen und verbrecherischen Machenschaften, anders gesagt: Geschichten aus ihrem eigenen Leben. Um die Weinkioske sammelte sich das Stammpublikum, besetzte die besten Plätze an den Tischen und beobachtete, wie die frische Sonne langsam nach Westen driftete. Alles sollte wohlüberlegt und konsequent vonstatten gehen – vor allem der Konsum alkoholischer Getränke.

Gegen Abend füllten sich die Bars mit Jugendlichen, die auf Mopeds und in alten sowjetischen Autos angefahren kamen, Wein tranken und Musik aus der Musikbox hörten, nach sechs stürmten die Bauarbeiter die Bars, die Säufer kamen angekrochen, wenigstens diejenigen, die noch kriechen konnten, auch Oberste im Ruhestand aus den Sanatorien schauten vorbei, einsame Mädchen und verlassene Hausfrauen, bedudelte Zigeunerweiber und betrogene Studentinnen, draußen dämmerte es, und in den Bars zündete man die ersten goldenen, vom Zigarettenrauch gedämpften Lichter an. Ein Laden nach dem anderen schloß, aber Alkohol und Brot waren noch bis in die Nacht zu haben, die Sonne erleuchtete die Wasseroberfläche, in den Fenstern der Mansarden und Gästezimmer flammte roter Widerschein, die Schatten verdichteten sich zu Tinte, und Lenin, der in seinem dandyhaften goldenen Jackett und den Hosen im Stil der späten fünfziger Jahre einem Beatnik glich, das Lenindenkmal also versank im Schatten, dort versammelten sich die Schüler und hörten mit ihren Mobiltelefonen Musik. Nach zehn Uhr abends erklangen in den engen Sträßchen im Zentrum die fröhlich betrunkenen Rufe und nervösen Seufzer derer auf dem Nachhauseweg, die nicht mehr in der Lage waren, die permanente Party fortzusetzen, den Tag der Ertrunkenen, sie kamen an die Ufer ihres Städtchens geschwommen, standen auf dem sandigen Meeresgrund und stampften mit ihren vom Wasser aufgequollenen Stiefeln den Takt zur Musik der Mobiltelefone. Gegen Mitternacht drehten alle auf, und die Atmosphäre war durchdrungen von Leidenschaft, Wein und Gefahr. In einer Bar begann eine Prügelei – Jugendliche waren wegen der Musikbox mit Moldawiern aneinandergeraten, man konnte sich lange nicht einigen, welche Musik gespielt werden sollte, obwohl die einen wie die anderen traurige Gefängnislieder hören wollten, aber jeder hatte seine eigenen traurigen Gefängnislieblingslieder, und als einer, ohne an der Reihe zu sein, die Musikbox betätigte, begann die Prügelei. Die Moldawier waren älter, daher am Anfang im Vorteil, sie warfen die Ortsansässigen auf die Straße, schmissen sie aus der Bar, auf der Straße aber kamen den Jugendlichen ihre älteren Brüder zu Hilfe, Säufer, Arbeitslose und zufällige Passanten, Glasscherben glitzerten, das erste Schaufenster klirrte, die Jugendlichen zogen ihre Klappmesser, und das Fest erreichte seinen Höhepunkt. Die Nachtluft trocknete die Kehlen und ernüchterte die Köpfe, auf denen Weinflaschen zerschellten, die Moldawier zogen sich in Seitensträßchen zurück, evakuierten ihre Verwundeten und verloren sich in den Alleen der Parks. Die herbeigerufene Miliz zerstreute die Übrigen. Als sie alle vertrieben hatten, gingen die Milizionäre in die Bar, tranken alles, was die Moldawier übriggelassen hatten und hörten traurige Gefängnislieder. Ungestört.

In der nächtlichen Stille zwitscherten Vögel, im Laternenlicht dunkelte verkrustetes Blut, unter dem Lenindenkmal saßen die Jugendlichen und wischten sich mit dem Ärmel die blutigen Nasenpopel ab. Säuberten ihre Messer, luden sich neue traurige Gefängnismelodien auf ihre Telefone und schauten in Richtung Meer – dorthin, wo gedämpfte Dunkelheit und Nebel waren, also nichts.

2

Zuerst hatten sie überlegt, einen Zigarettenkiosk auszurauben. Sie umkreisten ihn lange, beschnüffelten ihn. Aber einer von beiden, Bodja, hatte eine Tabakallergie, ihm wurde sofort schlecht, und sie ließen den Kiosk in Ruhe. Bodjas Kumpel, Vjetal, redete danach lange kein Wort mehr mit ihm, obwohl er sich im Grunde seines Herzens freute, daß es so ausgegangen war, schließlich rauchten sie beide nicht, und keiner wußte, was sie mit dem Kiosk gewollt hätten. Die Freunde standen kurz vor dem Schulabschluß, waren unverbesserliche Romantiker und Loser, bekamen keinen Alkohol verkauft, und den Frauen gefielen sie nicht. Den Männern im Prinzip auch nicht. Sie gefielen niemandem. Und da stießen sie eines Tages in ihrem Stadtteil, einem Vorort von Charkiw, auf einen betrunkenen Handelsreisenden, der friedlich vor einem Spielsalon auf einer Bank schlief. Sofort beschlossen die Freunde, ihn auszunehmen, zum Beispiel das Handy zu klauen. Wie sich herausstellte, hatte der Handelsreisende drei davon, also nahmen sie auch alle drei. Morgens begannen die Telefone dann zu klingeln. Die Freunde wußten nicht, was tun, gingen auf den Markt für technische Geräte und vertickten die ersten zwei fast für umsonst, das dritte aber behielten sie erst einmal. Bodja kriegte Panik, schrie, daß sie sicher schon gesucht würden, und schlug vor, sich zu verpissen, vielleicht auf die Krim, ans Meer. Das Geld, das sie für die Handys bekommen hatten, reichte für zwei Fahrkarten dritter Klasse, und noch am selben Abend verließen sie die Stadt ins dunkle, süße Unbekannte. Nachts träumten sie von Kriegsschiffen. Für Bettzeug reichte das Geld nicht.

In Alupka angekommen, stiegen sie aus dem Bus und besichtigten die Stadt. Lange fotografierten sie sich am vergoldeten Lenindenkmal, den Vjetal wegen der weiten Hosen zuerst nicht erkannte, lange redete er auf Bodja ein versuchte und ihn davon zu überzeugen, daß es sich um irgendeinen lokalen Typen handeln mußte. Sie kauften Chips. Damit war ihr Geld endgültig weg. Die Kumpel gingen ans Meer, setzten sich auf die Kiesel, betrachteten die leintuchweißen Himmel und hörten Melodien aus dem Mobiltelefon. Es war März, und das Leben schien ihnen unendlich und süß wie Karamelbonbons für umsonst. Man konnte zum Beispiel als Matrose auf einem der Frachtschiffe anheuern, unter irgendeiner exotischen Flagge irgendeiner nicht anerkannten afrikanischen Republik fahren und einen echten Seemannspaß besitzen, der die geheimsten und süßesten Tore öffnete, konnte schwarze heiße Häfen anlaufen, Alkohol saufen und mit fröhlichen, unkomplizierten Chinesinnen schlafen, im Magen Schmuggelware transportieren und mit gestohlener Kleidung handeln, falsche Goldkettchen tragen und die verruchtesten und schlimmsten Typen der Stadt kennenlernen, wenn es solche gab. Man konnte in den tränensalzigen Wassern des Roten Meeres herumschippern, die äthiopische Küste entlang, und sich nur von Fisch und Hasch ernähren, von Stadt zu Stadt reisen, sich im lärmenden Hafenpublikum verlieren, mit Bootsmännern und Schiffsärzten trinken, mit Mördern und Perversen singen, Haie, Drachen und hinterhältige Raubkraken jagen. Man konnte sich die besten und schmackhaftesten Stücke des Lebens aussuchen, alles neu beginnen und völlig unabhängig sein, blind durch die Fata Morganas über dem Meer stoßen, die Wellen durchpflügen, Durst und Hunger ertragen, im Eis festfrieren und auf einer langsamen, brennend heißen Flamme braten, um schließlich am Bestimmungsort anzukommen, wo Ruhm, Ehre und süße, wahnsinnige Liebe warten. Hauptsache, sich jetzt nicht an den Chips verschlucken.

Gegen Abend kehrten die Freunde ans Lenindenkmal zurück, um das letzte Handy zu verkaufen. Ein schwarzhäutiger Jugendlicher sprach sie an, ein paar Jahre älter als sie, der am Denkmal mit seinem Boxer Gassi ging und Gabriel hieß, Geld habe er nicht, sagte er, aber ein Zimmer, in dem gerade niemand wohne und das er deshalb für ein paar Tage vermieten könne. Im Tausch gegen das Telefon, versteht sich. Die Freunde schwankten einen Moment, aber nur einen Moment. Im Zimmer gab es an Möbeln nur ein Bett, sie warfen sich hinein, ohne ihre Kleider auszuziehen, und schliefen sorglos fast bis zum Mittag.

Am nächsten Tag fand Bodja unter dem Bett ein altes Schachspiel. Mit dem Schachspiel in der Hand gingen sie ins Sanatorium des Verteidigungsministeriums, trafen dort auf den Bänken ein paar abgehalfterte Oberste und schlugen ihnen ein Spiel vor. Sie gewannen zwanzig Dollar und eine Schachtel Zigaretten und zogen los, Chips kaufen. Im Geschäft näherten sie sich einer eindrucksvollen Dame in Schwarz, die am Regal stand und die Madeira-Flaschen betrachtete, und baten sie, Bier für sie zu kaufen, die Dame musterte die beiden eingehend von Kopf bis Fuß und lud sie dann zu sich ein. Sie wohnte auch im Sanatorium des Verteidigungsministeriums, war Offizierswitwe, trug ein schwarzes, hoch geschlitztes Kleid, goldene Ringe an den Fingern, schwere Ketten um den Hals, war sorgfältig geschminkt und blickte irgendwie verwirrt und träumerisch aufs Meer. Die Freunde setzten sich neben sie an den Tisch und wußten nicht, wo sie ihre Hände lassen sollten, wurden nervös und begannen zu schwitzen. Die Witwe wollte, daß sie den Wein entkorkten, zuerst versuchte es Bodja, aber der Wein glitt ihm aus den Händen, Vjetal nahm die Flasche, vergeblich, die Witwe winkte ab und holte aus dem Buffet eine angebrochene Pulle Schnaps. Die Freunde tranken und spürten die Wirkung sofort. Die Frau rauchte viel, fragte sie über die Schule aus und erzählte von ihrem Leben.

Ihr Mann sei Offizier der Kampftruppen gewesen, von Kindheit an habe sie davon geträumt, einen Offizier der Kampftruppen zu heiraten, ihr wißt nicht, was das heißt, Flotte, sagte sie, die Hitze, das verborgene Feuer, die Offiziersfamilien, sie schlug ein Bein über das andere, und die Freunde bemerkten ihre dunkelrote Wäsche, das lange Warten, Rendezvous und Leidenschaft, Schwüre und Abschiede, die Frau lehnte sich zu den Freunden hinüber, ihnen stockte der Atem von dem, was sie sahen, dann lange Monate Einsamkeit, Warten auf Nachrichten, die Erschöpfung ungeteilter Leidenschaft, wißt ihr, was das ist? Die Freunde nickten. Die Frau erzählte ihnen von U-Booten, von leeren Kasernen, von salziger Gischt und den Farbenspielen der Sonne, sagte, sie käme jetzt jedes Jahr auf die Krim, im Frühling, wenn noch keine Leute da seien, um sich an alles zu erinnern, was sie Schönes erlebt habe.

Sich gegenseitig ins Wort fallend, erzählten nun auch die Freunde der schwarzen Witwe von ihrem Leben, sie sollte sehen, daß sie auch etwas davon verstünden, daß sie mit ihren sechzehn Jahren dem Schicksal schon mehr als einmal die Stirn geboten, zehn ausgeraubte Zigarettenkioske und Hunderte gestohlene Mobiltelefone auf dem Kerbholz hatten, daß sie den wahren Preis der Liebe und der Treue kannten und daß die düstere süße Welt des Verbrechens sie gelehrt hatte, Frauen gegenüber hart, aber gerecht aufzutreten. Danach verlor Bodja für einen Moment das Gleichgewicht und fiel vom Stuhl, und Vjetal rannte raus und kotzte in die Dusche. Die Frau aber brachte neuen Schnaps, und ihre freundschaftliche Unterhaltung plätscherte gemütlich weiter, die Freunde versuchten so lange vergeblich, den Wein zu öffnen, bis die Flasche zerbrach, rauchten Damen-Papirossen, sangen mit der Frau Piratenlieder, wie echte Seewölfe, während sie sich in ihrem warmen Bett wälzten, das nach Parfum, Puder und Einsamkeit roch. Gegen Mitternacht wurden sie etwas nüchterner und wollten sich auf den Weg machen, sie müßten gehen, sagten sie. Natürlich, sagte die Frau, geht nur, im Prinzip könntet ihr aber auch bleiben, fügte sie hinzu und trat auf den Balkon, um der Nachtluft ihren sehr gepflegten sechzigjährigen Körper zu präsentieren, die warme weiche Haut mit all ihren Mulden und Wölbungen, das Kleid und die Wäsche. Der Wind spielte in ihrer dichten Perücke, die Schiffe tuteten von der Reede her, die Wächter der Tore und Türme schossen Salut, und die Astronauten, die am südlichen Himmel flogen, schickten ihr über Satellit einen Gruß.

Inzwischen stritten sich die Freunde darüber, wer bleiben durfte. Bodja meinte, er solle bleiben, weil er sie angemacht habe – dort, im Geschäft. Vjetal widersprach und versicherte, er müsse bleiben, schließlich habe er gerade die Weinflasche zerdeppert. Bodja wollte tricksen und erklärte, so müde zu sein, daß er nicht die Kraft habe zu gehen, worauf sich Vjetal auf Erpressung verlegte und damit drohte, alles vollzukotzen. Als die Freunde sich aufeinanderstürzten, die Stühle umwarfen und große Teller mit dem Emblem des Verteidigungsministeriums zerschlugen, beobachtete die Frau sie aus den Augenwinkeln und versuchte sich zu erinnern, wann zum letzten Mal so um sie gekämpft worden war. Die Kampfhähne aber saßen entkräftet auf dem Boden, seufzten schwer und wischten sich die Tränen ab. Vjetal hielt es als erster nicht mehr aus, ihm wurde wieder schlecht, er stürzte in die dunkle Nacht, schlüpfte zum Tor hinaus und verschwand hinter den Palmen, wobei er das Weibergeschlecht und die unbeständige männliche Freundschaft verfluchte. Bodja blieb, und was ihm in jener Nacht geschah, ist eine eigene Erzählung wert.

Gegen Morgen stieß der traurige vollgekotzte Vjetal mitten auf der Straße auf ihren neuen schwarzhäutigen Kumpel. Der fuhr ein italienisches Moped und schlug vor, nach Jalta zu düsen, um den Hasch loszuschlagen, den er von den Moldawiern bekommen würde, er brauche, erklärte er, einen Partner als Aufpasser. Vjetal zog den Helm auf, setzte sich auf das Moped, und sie brausten los, schreckten Möwen und Fledermäuse auf, und erst kurz vor Jalta fuhren sie in den Nebel, der sie mit Wärme, Frische und Bitternis umhüllte.

3

Die Moldawier lebten auf einem Autohof, inmitten von Schnee, Nebel und kaputten Ikarus-Bussen. Der Autohof lag auf einer Anhöhe, unten war die warme wehrlose Stadt, dahinter scharf glitzernd der Meeresspiegel, und oben, über ihren moldawischen Köpfen, hing der Bergkamm. Sie waren Anfang Juni gekommen, eine zehn Mann starke Brigade, angeheuert von einem wunderlichen fetten General, der sich auf dem Gelände des Krankenhauses eine Datscha baute und sie in den Garagen des Autohofs unterbrachte. Bis Oktober sollten sie fertig sein, und am Anfang lief alles ziemlich gut – die Brigade arbeitete eingespielt, die Moldawier verhielten sich still und fromm. Doch schon im August begannen die Probleme – der General wurde vom Geheimdienst geschnappt und die Moldawier blieben verwaist zurück. Die Generalstochter reiste an und sagte, sie sollten warten, bis sich alles aufgeklärt habe. Die Moldawier beschlossen zu warten. Arbeiten wollten sie aber nicht mehr. An den brennend heißen Augustmorgen krochen sie aus ihren Garagen, machten es sich auf alten Reifen bequem und wärmten ihre dürren Körper. Gegen Abend, als die Hitze nachließ, wurde einer von ihnen ins Tal geschickt, zu den Menschen, Alkohol und Essen holen. Sie blieben lange wach und glotzten unter dem Sternenhimmel und den stacheligen Bergkämmen in ihren tragbaren Fernseher. Schwimmen konnten sie nicht, deswegen gingen sie nicht ans Meer. Da ihre Papiere beim General geblieben waren, wollten sie sich überhaupt nicht allzuviel blicken lassen. Ende August tauchte die Generalstochter wieder auf, sagte, bei ihrem Vater sei ein zweiter Reisepaß gefunden worden, und zahlte einen Teil des Geldes aus. Die Moldawier, die gerade überhaupt keine Pässe hatten, wußten nicht, ob dies eine gute oder eine schlechte Nachricht war, also beschlossen sie, weiter zu warten. An die Arbeit machten sie sich vorsichtshalber aber nicht. Im September kam die Erntezeit. Hinter dem Wald, der die Garagen umschloß, waren die Moldawier noch im Juni in einer Senke auf sonnige Plantagen gestoßen, früher, in der Sowje, offensichtlich Weinberge. Die Plantagen gehörten einem Agrarunternehmen aus Kiew, das sie schon in den neunziger Jahren erworben und auf den furztrockenen Krim-Böden tapfer Kartoffeln, Mais und anderes nützliches, gleichwohl glückloses Gemüse angebaut hatte. Vor ein paar Jahren ging das Unternehmen pleite, und die Weinberge gerieten in Vergessenheit. Wilder Hanf überwucherte sie, der unter der warmen und fürsorglichen subtropischen Sonne zielstrebig nach oben schoß. Schon seit zwei Monaten musterten die Moldawier gierig diese Hanfallmende und warteten nur, bis der September käme und mit ihm die gesegnete Erntezeit. Im September schoß der Hanf sozusagen ins Kraut. Die Moldawier schlenderten durch das warme duftige Gestrüpp, zerrieben die reifen Blätter in den Händen und schnüffelten träumerisch an ihren Fingern, die schwarz vor Öl und grün vor Hanf waren. Mit vollen Taschen kehrten sie zurück, fielen auf die alten Reifen und rauchten bis in die Nacht hinein, schauten hinab auf das verlöschende Meer und zählten die Satelliten. Auf den Reifen schlummerten sie auch ein und schliefen bis zum Mittag. Ihre Kleidung roch nach reifem, sonnigem Hanf, die Hanfsamen verstopften ihnen Taschen, Socken und Nasenlöcher. Morgens kamen schwere Septemberbienen angeflogen, setzten sich auf ihre dunkelbraune, von der Zeit gegerbte Haut und sammelten direkt davon den Blütenstaub. Schnellbeinige Spinnen sponnen in ihren Taschen Netze, und Marienkäfer krochen in ihre Schuhe, um dort Schatten, Ruhe und Vergessen zu finden.

Die Moldawier hatten es nicht eilig, die ganze Ernte sofort einzubringen, nahmen sie doch berechtigterweise an, daß die Ernte sowieso ihnen gehörte und daß wohl kaum jemand auf die Idee käme, einen Traktor in die Berge zu schicken, um für die Kühe als Winterfutter Cannabis zu mähen. Eines Tages jedoch, als sie sich gerade von gestern erholt hatten und sich schon wieder auf den Abend freuten, sahen sie auf ihrer Plantage Fremdlinge, die freudig die herrenlosen Sträucher abklopften. Es handelte sich um Rastafaris aus Krasnojarsk, die sich bereits seit zwei Wochen ohne Geld, Papiere und irgendwelche Aussichten auf Erfolg zum Bahnhof durchschlugen und zufällig auf dieses Neuland gestoßen waren. Es kam zu einer kurzen Auseinandersetzung zwischen den Moldawiern und den Rastas aus Krasnojarsk, in der die Rastafaris eine Niederlage einstecken und sich in die Berge zurückziehen mußten. Zunächst wollten sie die Moldawier an die Miliz verpfeifen, damit die frechen Bessarabier hoppsgenommen würden, rafften aber rechtzeitig, daß die Miliz wohl mit den Moldawiern auch die gesamte Ernte hoppsnehmen würde. Auch die Moldawier wagten es nicht, die Rastas an die Miliz zu verpfeifen, und nach Krasnojarsk zurückzukehren, machten die auch keine Anstalten. Eine Pattsituation. Die Moldawier beschlossen, die Krasnojarsker nicht aufs Feld zu lassen, und organisierten Wache rund um die Uhr. Nachts rollten sie vom Autohof schwarze Reifen heran, zündeten sie an und beschützten im Licht des brennenden Gummis ihr Hab und Gut. Über ihren Köpfen glühten in der Nacht, die genauso schwarz war wie das Gummi, hungrig glänzend die Augen der Rastas, die sich nicht näher herantrauten und die reifen Stengel aus sicherer Entfernung gierig mit den Augen verschlangen. In der dritten schlaflos verkifften Nacht schlugen die Moldawier einen Kompromiss vor – sie ließen die Rastafaris ihre Rucksäcke mit Hanf vollstopfen, danach sollten sie sich aber sofort verpissen, am besten direkt nach Krasnojarsk. Die Rastas ließen sich das nicht zweimal sagen, sie packten schnell und stiegen ins Tal hinab, hoffnungsfroh, was ihre eigene Rasta-Zukunft betraf. Unten wurden sie von der Miliz geschnappt. Zusammen mit ihren Rucksäcken. Nach einem kurzen, aber intensiven Verhör packten sie aus und gaben den Standort der Plantage preis. Zu ihrer Ehre aber muss gesagt werden, daß sie die Moldawier nicht verpfiffen. Die Miliz kam mit Sensen, die Sergeanten nahmen ihre Koppeln ab und legten los. Die entrechteten und enttäuschten Moldawier verfolgten vom Wald aus wachsam jeden Sensenhieb. Nach einigen Wochen wurde das Wetter endgültig schlecht, und die Regenfälle setzten ein.

Im Oktober starb in der U-Haft der General. Die Ärzte stellten als Todesursache Herzversagen fest und bastelten lange am Generalsschädel herum, um die drei Kugellöcher zu vertuschen. Die Moldawier verfolgten das Begräbnis im Fernsehen und tranken Rasierwasser auf den Frieden der Generalsseele. Ende Oktober kam die Generalstochter, sagte, die Konten ihres Vaters seien immer noch gesperrt, deswegen müsse man bis zum Frühling warten, im Frühling könne man auch wieder an die Arbeit, weil, wie es in einem alten moldawischen Sprichwort heißt, die Arbeit ja kein Wolf ist und nicht davonläuft, aber solange die Konten gesperrt sind, wird kein Lohn gezahlt. Die Moldawier hatten keine Böcke, nach Hause zu fahren, und beschlossen, hier zu überwintern. So sparte man sich die Kosten für die Reise. Sie blieben auf dem Autohof. Ohne Arbeit und vollwertige Gesellschaft verwilderten sie total, in der Stadt hatte man Angst vor ihnen, Graupe und Nudeln kriegten sie auf Kredit. Ein Moldawier heiratete in der Stadt eine Zigeunerin, die er an der Bushaltestelle kennengelernt hatte, und reiste mit ihr in unbekannte Richtung ab, ohne seine Freunde darüber zu informieren. Ein anderer geriet unter die Tataren und wollte sogar zum Islam konvertieren. Er arbeitete in einer illegalen Fabrik, die Kaffee herstellte, und hatte nicht vor, zu seinen Landsleuten zurückzukehren. Der Dritte machte einen Bruch, trat die Türen der Stadtapotheke ein und stopfte sich die Taschen mit irgendwelchem Importzeug gegen Erkältung voll, das zusammen mit Cola halluzinogen wirkte. Am nächsten Tag wurde er mit starker Übelkeit ins Krankenhaus eingeliefert, wohl von der Cola, hing dort eine Woche ab und wurde danach ins herbstlich unwirtliche Moldau abgeschoben. Die übrigen Moldawier verstummten vorerst, lebten auf dem Autohof wie die Sieben Zwerge, eigentlich störten sie niemanden, brachten alles, was sie nur finden konnten, zur Altmetallsammelstelle und handelten in der Stadt mit den Resten des im Herbst geernteten Cannabis. Der Winter war warm und regnerisch, im Morgengrauen kamen sie aus den Garagen, machten Feuer, wärmten sich und schauten aufs Meer, das unten wie schwarzes schweres Silber dunkelte.

Manchmal saßen sie unten in der Stadt in der Bar, tranken Starkwein und hörten der Musikbox zu. Von Zeit zu Zeit lieferten sie sich Kämpfe mit den Ortsansässigen. Sie stürzten sich in die Schlacht, gaben sich gegenseitig Dekkung, und wenn die Ortsansässigen stark in der Überzahl waren, traten sie durch die engen Gassen schnell den Rückzug an, die verwundeten Kameraden auf den Schultern. Daheim auf dem Autohof hockten sie sich vor die Glotze und sahen ohne Ende fern – Talkshows, Nachrichten, sogar Werbung. Nur beim Fußball machten sie den Fernseher aus, weil sie nicht wußten, für wen sie hier in diesen Bergen sein sollten.

4

In Jalta hielten sie zuerst im tatarischen Viertel. Es handelte sich um ein paar von den Krimtataren besetze Hochhäuser. Die Behörden versuchten schon seit ein paar Jahren, sie da rauszuschmeißen, aber die Tataren hielten als geschlossene Kommune zusammen und wehrten alle Angriffe ab. Der dunkelhäutige Gabriel führte Vjetal durch irgendwelche Winkel, sie nahmen den Hintereingang und standen plötzlich im von Dunkelheit und Gerüchen durchdrungenen Treppenhaus. Gabriel ging ohne Zögern voran, stieg die dunkle Treppe hoch, betrat Wohnungen, die von innen nicht abgeschlossen waren und wo auf dem Boden Dutzende Erwachsene und Kinder schliefen, schlüpfte in die Wohnungsdämmerung hinein, aus irgendwelchen Seitentüren, Abstellräumen und Klos tauchten plötzlich dubiose Gestalten auf, drückten Gabriel die Hand, wechselten ein paar Worte mit ihm, und Gabriel lief weiter, in die oberen Stockwerke. In den Wohnungen gab es kaum Möbel, auf dem Boden lagen Teppiche, Steppdecken, Soldatenmäntel, die Bewohner waren schläfrig und mißtrauisch, die Frauen schliefen in bunten T-Shirts und schrillen Strümpfen, die Männer hatten Tücher und Schals um ihre Hälse gewickelt, alle grüßten Gabriel, kochten starken Kräutertee, holten irgendwelche orientalischen Süßigkeiten und rohes Fleisch hervor, drückten Gabriel zerknitterte Scheine, Zigaretten und Telefonkarten in die Hand, nahmen ihm die Ware ab und legten sich wieder hin, tauchten unter Steppdecken und Soldatenmäntel, zogen sich alte Decken und Fahnen über den Kopf, schalteten die Nachttischlampen aus, dann versanken die Wohnungen wieder in Stille und Schlaf. Gabriel trat aus dem Haus und lief zum nächsten Gebäude, grüßte auf der Treppe irgendwelche Bewohner, die schon aufgestanden waren, stürzte in morgendliche Zimmer, kletterte über schläfrige Männer, kroch zu Frauen ins Bett, weckte sie mit leisen Worten und Berührungen, die Frauen freuten sich, die Männer bemerkten ihn nicht. Danach stiegen sie wieder aufs Moped und kurvten lange durch die Vororte von Jalta, schließlich hielten sie vor einem Einfamilienhaus hinter einem Zaun aus Wellblech. Eine Zeitlang versuchten sie, sich bemerkbar zu machen. Endlich wurde aufgemacht, sie gingen über den Hof, auf dem zwei irre aussehende Schäferhunde patrouillierten, und betraten das Haus. Dort stießen sie auf die irgendwie merkwürdigen Bewohner, etwa zwei Dutzend gespenstische Sektierer, überwiegend Frauen, sie sahen wie wegen Nichterfüllung des Plansolls gefeuerte Nutten aus, was sie tatsächlich trieben, war unklar. Die Frauen schliefen gemeinsam, ebenfalls auf dem Boden, aßen im großen Zimmer, waren still und machten keinen Lärm. Gabriel beachteten sie kaum, obwohl er sich sehr bemühte. Sie nahmen das Mitgebrachte entgegen, drängten die beiden dann aber sofort hinaus und stimmten ein seltsames Lied an, das wie die von Islamisten gesungene US-Hymne klang.

Wir müssen noch wo hinfahren, sagte Gabriel, während er sein Moped startete. Und fuhr zu den für heute letzten Kunden: illegale Unternehmer, die daheim eine Kaffeeproduktion aufgemacht hatten. Sie kauften große Partien billigen Rohstoff, Zucker und Milchpulver, hatten sich Originaletiketten beschafft, so daß die Ware von außen attraktiv aussah und von Großhändlern gerne gekauft wurde. Den Kaffee mahlten die Unternehmer in Betonmischern, im Raum standen zwei nagelneue Betonmischer, die zwecks Ausweitung der Produktion extra beschafft worden waren, die Kaffeebohnen wurden hineingeschüttet, gearbeitet wurde mit Feuereifer, und das Vermögen wuchs. Pro Tag wurde in diesem seltsamen alchemistischen Unternehmen bis zu einer Tonne Normalkaffee hergestellt. Vjetal guckte begeistert auf die Betonmischer, machte sich sofort an die Arbeit, half den Töchtern des Hausherrn, schleppte die Zuckersäcke und füllte das fertige Kaffeegemisch mit einer gelben Kinderschaufel ab. Die Unternehmer luden sie zur Mittagsjause ein, die illegalen Alchimisten selbst outeten sich als Vegetarier, aßen ausschließlich Salat und brauten sich bombenstarken Tee. Kaffee tranken sie nicht, vielleicht weil sie wußten, wie schwer er herzustellen ist. Am Abend riß sich der befriedigte Gabriel zusammen, und sie fuhren zurück. Auf dem Weg gelang es ihnen, sämtlichen Fallen und Gefahren auszuweichen.

Daheim angekommen, trafen sie in der Bar die Moldawier und setzten sich zu ihnen. Die Moldawier hatten ihre Knete gekriegt und kauften nun im Freudenrausch alles, was nur irgend trinkbar war. Später legten sie sich mit den Einheimischen an, warfen sie hinaus auf die Straße, zusammen mit den Stühlen. Im Kampfesgetümmel zog einer der Einheimischen Vjetal eine Weinflasche über den Schädel, Vjetal kollerte die Straße runter, kroch dann in die Bar zurück, versteckte sich unter der Bank und verband die Wunde mehr schlecht als recht mit einem Iggy-Pop-T-Shirt. Etwas später kam eine Streife und suchte Übeltäter. Zog unter der Bank den verwundeten Vjetal hervor. Nachdem sie ihm erste medizinische Hilfe und eins auf die Nieren verpaßt hatten, spuckte Vjetal alles aus. Die Sergeanten schoben ihn in den Wagen und fuhren zu den angegebenen Adressen, um nach anderen Helden dieser verzwickten Geschichte zu suchen.

5

Am nächsten Morgen war alles seltsam und leicht, die Ängste und die Müdigkeit der Nacht waren verschwunden, Bodja ging zur Anlegestelle und zählte die Schiffe, die aus Sewastopol kamen. Alles, was mit ihm passiert war, was er jetzt fühlte, was ihm noch bevorstand unter diesem sonnigen kalten Himmel, kam ihm seltsam unwahrscheinlich vor, etwas, woran er glauben und worauf er nicht verzichten wollte. Mutigen Männern steht ein langes Leben bevor, fröhliche Frauen und ein leichter Kater. Besonders wenn du keine Angst hast, in diese gespenstische und wunderschöne Welt einzutauchen, die auf dich wartet mit unzähligen Prüfungen und Preisen. Und wenn du alle Hindernisse überwindest und alle Prüfungen bestehst, öffnet sie dir ihre Tore und händigt dir den Seemannspaß aus, mit dem du an jeder Station aussteigen und jede Grenze passieren kannst. Die Welt glitzert vor Sonne und Meer, knallt fröhlich wie ein Feuerwerkskörper und beleuchtet den Himmel mit goldenen und roten Flammen, und du bist der echte Abschaum dieser Welt, ein fröhlicher Hurensohn mit Seemannspaß in der Tasche, und das ganze Leben liegt vor dir, du kannst durch lärmende laue Krimstädtchen ziehen, in Motels und Kaschemmen absteigen, illegale Geschäfte machen, traurige erwachsene Frauen verführen, die dir unglaublich süße Dinge beibringen, kannst das Meer überqueren, in fernen fremden Häfen an Land gehen, die besten Anzüge tragen, mit den schönsten Mädchen tanzen, brauchst vor dem Alter keine Angst haben, der Kindheit nicht nachtrauern und wirst echte zuverlässige Freunde haben, um dich vor ihnen mit alldem zu brüsten. Bodja fühlte sich beschissen wegen Vjetal, das nächtliche Geheule, das betrunkene Gejammer, seine ganze kindische Ratlosigkeit hatte er ihm längst und endgültig verziehen – Freunde sollen ja zusammenhalten, Bodja fühlte sich jetzt verantwortlich für seinen Freund, er spürte sogar eine gewisse Besorgnis und leichte Verachtung, vor allem aber wollte er ihm schnell alles, was er erlebt hatte, erzählen!

Abends hielt er es nicht mehr aus und ging heim, vor dem Haus sah er die Miliz, er trat sofort in den Schatten zurück, aber es war schon zu spät – einer der Sergeanten hatte ihn bemerkt und rannte ihm hinterher, Bodja sprang über einen Zaun, rannte über einen fremden Hof, torkelte auf die Parallelstraße und kollerte eine Treppe hinunter, unten lief er einen Häuserblock entlang, bog um die Ecke, rannte an Kiosks vorbei, noch eine Treppe hinunter, sprang über noch einen Zaun und befand sich plötzlich auf dem Gelände des Sanatoriums des Verteidigungsministeriums. Er passierte das Verwaltungsgebäude, ging hinter den Palmen in Deckung, schlug einen Bogen um den Speisesaal und betrat das Kino. Im dunklen Saal saßen ein paar ältere Männer und schauten einen alten sowjetischen Film. Bodja setzte sich in die erste Reihe. Einige Minuten später schauten zwei Sergeanten herein, gingen gebückt, um die Zuschauer nicht zu stören, zu Bodja und wollten ihn schon abführen, aber er bat sie flüsternd, den Film zu Ende sehen zu dürfen, noch zehn Minuten, jetzt wird es richtig spannend, die Sergeanten sahen auf die Leinwand und willigten ein, aber wenn du versuchst zu fliehen, sagten sie, brechen wir dir das Bein, und setzten sich, um zuzusehen und mit den Helden mitzufiebern.

Sowjetische Filme schenkten Hoffnung, boten die Illusion, daß sogar in dieser unvollkommenen Welt nicht alles schlecht ist, daß es sich lohnt, um den Platz an der Sonne zu kämpfen, und daß man den Mut nicht sinken lassen soll, daß alles so sein wird, wie du es dir vorstellst, man braucht nur Liebe und Geduld. Tapfere Männer und schöne Frauen ließen sich durch mißliche Umstände nicht beeindrucken, sie kämpften sich hoch, als gäbe es diese widrigen Umstände gar nicht, ohne Angst und Zweifel, Unsicherheit und Depression.

Ach, wie könnte alles sein, wie könnte alles werden, sie könnten nun irgendwo draußen sitzen, unter dem schwarzen Himmel, süßen starken Madeira trinken, Zigaretten rauchen und den beißenden Qualm in die eisige Abendluft stoßen, Zukunftspläne schmieden, sich halsbrecherische Abenteuer und aberwitzige Gewinne ausmalen, die sich mit der Erfahrung einstellen, er würde mit seinem Freund Wein und Pistazien teilen, den letzten Zug und die geheimsten Wünsche, würde alles von sich werfen, was er in den Taschen und auf der Seele hätte, er würde erzählen, wie man leicht reich wird und den Gewinn schnell wieder verpulvert, wie man ein Visum bekommt und die Zollkontrolle passiert, wie sie sich ihm genähert hatte und ihn auszuziehen begann, wie er ungeschickt Widerstand leistete, aber schnell dazu lernte, wie sie ihr Kleid auszog und ihre Perücke abnahm, wie müde und tief ihre Augen waren, auch ohne Kontaktlinsen, was sie mit ihm machte, was sie ihm erzählte, während sie es machte, wie sie kam, wie sie endlich erschöpft einschlief und er nicht wußte, was weiter, er wollte auch einschlafen, wurde aber jedesmal vom Klopfen seines Herzens wach.

Hinter den Stimmen der Kinohelden war das Geräusch des Meeres zu hören, als ob die Kamera etwas Wichtiges nicht zeigte, das außerhalb des Bildes blieb, man konnte nur erahnen, welche Gefahren und Prüfungen auf die Helden warteten, es schien, daß, wenn sie sich nur für einen Augenblick entspannten, sofort Monster und Ungetüme über sie herfallen würden, die die ganze Zeit über ganz in der Nähe lebten, Geister und Dämonen, Drachen und Ungeheuer, Haie und Kraken – munter, fröhlich und sorglos, grell wie koreanischer Karottensalat.

Aus dem Ukrainischen von Juri Durkot und Sabine Stöhr

Nachbemerkung
DAS WILDE LEBEN IST ÜBERALL

Mit dem Herbst 1989, mit dem 11. September 2001, mit dem Sommer 2008 hat sich die Welt in Sprüngen verändert. Unvorstellbar fern die Epoche, als wir noch nicht online waren, als wir noch Zeitungsausschnitte sammelten und Briefe mit der Hand schrieben. Wie überschaubar sie war, unsere von Krieg und Großkatastrophen verschonte Hemisphäre. Wie klar kartographiert der kleine westeuropäische Halbkontinent des Wohlstands und der Sicherheit in einem Meer der Armut, der Korruption, der Gewalt. Zugleich war sich jeder denkende Mensch über das Illusionäre und Provisorische dieses Zustands im klaren. Als der Eiserne Vorhang aufging und unzählige Blechkistchen die Straßen Berlins verstopften, begann eine neue Zeitrechnung. Zunächst in unserer Nachbarschaft, in Mitteleuropa, wo Regime stürzten und die Bürger in Freiheit demokratische Institutionen errichteten; wenig später, unfriedlich und blutig, in Jugoslawien und der zerfallenden Sowjetunion. Auch im Westen hatte die postkommunistische Epoche begonnen, kam die Globalisierung, und die Vorstellung, sich weiterhin raushalten, das Chaos nebenan ignorieren zu können, hatte sich schnell erledigt.

Heute ist der ehemalige Ostblock Teil der westlichen Lebenswelt. Von der häuslichen Pflege bis zum Schneider an der Ecke: Ukrainer, Polen, Rumänen, Litauer, überwiegend weiblich, sind als preiswerte Arbeitskräfte unverzichtbar geworden. Das Label Osteuropa ist aus der Freizeitkultur nicht mehr wegzudenken: Mit Russendisco, Polenmärkten, Balkanbeats, EastBlocMusic verspricht »der Osten« eine spezifische Exotik: Vitalität, Anarchie, das Grelle, Schrille, Ungekämmte, Wilde. Angebote für Leute, die es gern einen Zacken härter und schärfer, nichts für solche, die es gern entspannt und kultiviert hätten

In Zeiten einer so tiefgreifenden Transformation scheint der Literatur ihr Stoff von selbst zuzuwachsen. Kein Bereich des persönlichen Lebens blieb von der Entmachtung der autoritären Eliten verschont, in deren Folge die alte Ordnung, die bisher geltenden Gesetze und Wirtschaftsformen außer Kraft gesetzt wurden. Die größte Gefahr in solchen Übergangszeiten ist die Anomie: ein Zustand mangelnder gesellschaftlicher Strukturiertheit. Die Bürger sind auf Selbstorganisation angewiesen. Das Glück der Befreiung war begleitet von der Angst vor einer neuen Gesetzlosigkeit und Ungeschütztheit. Für diese existentiellen Erschütterungen, die tief in die Seele hineinwirken, haben osteuropäische Autoren ein besonders feines Gespür. Der Anbruch des Neuen setzt die Gespenster der Vergangenheit frei, erst jetzt wird es möglich, von Verstörung und Traumatisierung zu erzählen, wie es der ungarische Schriftsteller László Darvasi (Jg. 1962) tut, dessen sanfter Gelehrter Herr Stern die Ausdrücke für das Schöne, Wahre, Gute verliert und statt dessen nur noch Wörter stammelt, vom Festland eines Sinnzusammenhangs losgerissene Inseln, »Gasofen« zum

Beispiel, was den Geisteszerfall des jüdischen Herrn Stern jäh in ein anderes, schreckliches Licht stellt.

Die Anthologie *Das wilde Leben. East Side Stories* versteht sich als Einladung, einige der Schriftsteller kennenzulernen, die sich in den letzten zwei Jahrzehnten an die Spitze der europäischen Literatur geschrieben haben. Der *annus mirabilis,* das Jahr der Wende 1989, liegt für sie, wie Jáchym Topol sagt, »in grauer Vorzeit«. Und doch ragt diese Zeit und die Epoche davor weit in die Gegenwart ihrer Texte hinein, nicht nur, wenn sie von der Kindheit handeln.

In der poetischen Imagination ist die Kindheitserinnerung unmittelbar an den Stromkreislauf der Geschichte angeschlossen: Wojciech Kuczok (Jg. 1972), der mit einem wütenden Roman aus dem Geiste Thomas Bernhards gegen die patriarchalische Familie berühmt wurde, erlebt vor dem Fernsehapparat (ausgerechnet in einem katholischen Gemeindesaal in der Tatra), wie Polen den Einzug ins WM-Finale verpaßt. Was aber war das für ein Land, in dem die Niederlage in einem Fußballspiel dem Zusammenbruch einer Hoffnung auf politischen Umsturz gleichkommt? Sein gleichaltriger litauischer Kollege Marius Ivaškevičius erzählt, wie er die neue Unabhängigkeit seines Staates für Kupferdraht-Schmuggel nutzte und auf die Ruinen einer untergegangenen russischen Zivilisation stieß. Mircea Cărtărescu (Jg. 1956), einer der bedeutendsten Autoren der Gegenwart, dessen visionäres, alle Maßstäbe sprengendes sprachschöpferisches Werk weltweit entdeckt wird, beschwört das Inbild einer türkischen Donauinsel herauf, das sich ihm als Kind unauslöschlich eingeprägt hat. Die Geschichte vom Mord an der Insel Ada-Kaleh versinnbildlicht aufs ergreifendste die verheerende Zerstörungswut eines Diktators, dessen größenwahnsinnigen Projekten ganze Dörfer und Landstriche zum Opfer fielen.

Als Kontinent voller Ruinen, voller Relikte eines zerfallenen Imperiums charkterisiert Jáchym Topol (Jg. 1962) die *twilight zone* namens Osteuropa, ein Gebiet, wo wie in Tarkowskis *Stalker* seltsame Objekte am Straßenrand auftauchen und überwachsene Pfade ins Nirgendwo führen. Voller Ekel schildert er die alten Leute auf der Prager Kleinseite, die das 20. Jahrhundert übriggelassen hat und die, von den Touristenscharen als Zeitzeugen des Schreckens betrachtet, selbst zu Gespenstern werden.

Ruinen und Gespenster sind nicht von ungefähr die Leitmotive, die alle acht *East Side Stories* durchziehen. Mit der kommunistischen Herrschaft endete auch das Schweigen über ihre Verbrechen und Tabus. Das Monströse darf besichtigt werden. Das Unheimliche wartet nebenan. Alles steht in Frage, nichts gilt mehr, Umbau, Abriß allerorten. Für die Ambivalenzen der neuen Freiheit, die jederzeit in Anomie und Chaos umkippen kann, hat die Literatur ein besonders feines Sensorium. Kein Zufall, daß das Werk Franz Kafkas für fast alle hier versammelten Autoren ein Leitstern war. Dem Schrecken setzen sie die aberwitzige Geschichte entgegen, dem Stumpfsinn eine ins Visionäre und Alptraumhafte, aber auch ins Wunderbare gesteigerte Phantasie, der Monotonie das feinstufige Farbregister einer lyrisch beschreibenden Sprache.

Dies mag einer der Gründe für die Hartnäckigkeit sein, mit der sich bestimmte Vorurteile, die osteuropäische Literatur betreffend, bis heute gehalten haben. Sie gilt als schwerverdaulich und schwerverständlich, konfrontiert mit Fremdem und Befremdlichem und läuft gängigen Leseerwartungen zuwider. Dabei ist sie so vielsprachig, vielgestaltig und originell, daß der Augen-, Ohren- und Entdeckerlust keine Grenzen gesetzt sind – man muß sich nur darauf einlassen. Zwischen überbordender Fabulierlust und an Kafka und Beckett geschulter Kargheit, zwischen der Düsternis von Béla Tarrs zeitzerdehnender Schwarzweißstrenge und der überkandidelten Knalligkeit der musikseligen Kusturica-Filme bewegen sich die Formen einer Poetik des Intensiven, Extremen, Radikalen. Künstler und Schriftsteller aus dem Osten, scheint es, schöpfen aus tieferen Brunnen, sie erleben mehr, sehen mehr, riskieren mehr.

»Gibt es überhaupt eine osteuropäische Literatur?« habe ich kürzlich verschiedene Schriftsteller gefragt (nachzulesen auf www.suhrkamp.de/themen). Die Literatur schon, aber Osteuropa? Siebzehn Staaten, fünfzehn Sprachen – der Begriff ist ein Anachronismus. Und das Verbindende? Ein Territorium, das ärmer und kaputter ist, in dem die Spuren besser zu sehen sind als im aufgeräumten Westeuropa – Spuren einer gemeinsamen Geschichte voller Greuel und Unfreiheit. »Als Schriftsteller hat mich die Erfahrung der Macht geprägt und ihre zwangsläufige Folge, das innere und äußere Exil«, schreibt der 1973 in Rumänien geborene Ungar György Dragomán; osteuropäische Literatur entstehe überall dort, »wo die politische Gewalt den Schriftsteller aufs absurdeste isoliert und ausliefert« – also auf der ganzen Welt.

Katharina Raabe *Berlin, November 2011*

Die Autoren und ihre Texte

MIRCEA CĂRTĂRESCU, geboren 1956 in Bukarest, debütierte 1978 als Lyriker und veröffentlichte 1989 einen ersten Erzählungsband. 2007 beendete er seine 1500 Seiten umfassende Romantrilogie *Orbitor* (»Blendwerk«); Band 1 und 2 sind auf deutsch u. d. T. *Die Wissenden* (2007) und *Der Körper* (2011) im Zsolnay Verlag erschienen. Ferner liegen vor: *Warum wir die Frauen lieben* (2008), *Nostalgia* (2009) und *Travestie* (2010). Sein Werk wurde in fünfzehn Sprachen übersetzt und vielfach ausgezeichnet. Cărtărescu, der bedeutendste rumänische Schriftsteller der Gegenwart, lebt in Bukarest. – »Ada-Kaleh, Ada-Kaleh« erschien zuerst in *Last & Lost. Ein Atlas des verschwindenden Europas*, Hg. von Katharina Raabe und Monika Sznajderman, Frankfurt am Main 2006.

LÁSZLÓ DARVASI, geboren 1962 in Törökszentmiklós, wurde als Verfasser von Kurzprosa und Novellen berühmt, bevor er sich der längeren Form zuwandte. Auf deutsch erschienen u. a. sein monumentaler Mitteleuropa-Roman *Die Legende von den Tränengauklern* (2001) und die Prosabände *Die Hundejäger von Loyang, Eine Frau besorgen. Kriegsgeschichten* (beide 2003) und *Wenn ein Mittelstürmer träumt* (2006). Die Übersetzung seines jüngsten Romans *Virágzabálók* (»Blumenfresser«) ist in Vorbereitung. Sein Werk wird in acht Sprachen übersetzt. – »Herr Stern« wurde dem gleichnamigen Novellenband entnommen (2007, edition suhrkamp 2476).

GYÖRGY DRAGOMÁN, 1973 in Marosvásárhely (Târgu-Mureş)/Siebenbürgen geboren, lebt seit 1988 in Budapest. 2002 erschien sein preisgekrönter erster Roman *A pusztítás könyve* (»Das Buch der Zerstörung«). Dragomán hat über Beckett promoviert, übersetzt aus dem Englischen und arbeitet als Webdesigner. Sein Roman *Der weiße König* (2005) wurde in 30 Sprachen übersetzt und gilt als international erfolgreichstes Debüt eines osteuropäischen Autors. – »Radarstation« ist einem im Entstehen begriffenen Erzählungsband entnommen und wird hier erstmals auf deutsch veröffentlicht.

MARIUS IVAŠKEVIČIUS, geboren 1973 in Molėtai, ist der wichtigste litauische Autor seiner Generation, der sich in den letzten Jahren vor allem als Dramatiker auch international einen Namen machte. Er debütierte 1996 mit Kurzgeschichten. 1998 erschien sein Roman *Geschichte aus der Wolke*, 2002 der Roman *Die Grünen* über die Partisanenkämpfe im sowjetisch okkupierten Litauen Ende der vierziger Jahre. Sein Theaterstück *Madagaskar* (2004) erhielt den Preis für die beste Veröffentlichung des Jahres in Litauen. Lebt in Vilnius. – »Die Zivilisation Werschbolowo« erschien zuerst in *Last & Lost. Ein Atlas des verschwindenden Europas*, Frankfurt am Main 2006.

WOJCIECH KUCZOK, 1972 in Chorzów/Oberschlesien geboren, debütierte 1996 als Lyriker. Bekannt wurde er mit seinen Erzählungen *Im Kreis der Gespenster* (dt. 2007) und seinem Roman *Dreckskerl* (dt. 2007), für den er 2004 den wichtigsten polnischen Literaturpreis NIKE erhielt. Er arbeitete als Journalist, Filmkritiker und Drehbuchautor. Zuletzt erschien auf deutsch sein Roman *Lethargie* (2010). Kuczok lebt in Chorzów. – »Wie wir den Kommunismus nicht abschafften« erschien zuerst im *Magazin der Kulturstiftung des Bundes 14*, Herbst 2009.

JÁCHYM TOPOL, 1962 in Prag als Sohn des Dramatikers Josef Topol geboren, unterzeichnete als Jugendlicher die Charta 77. In den neunziger Jahren studierte er Ethnologie und bereiste als Journalist und Drehbuchautor Osteuropa. Auf deutsch erschienen *Engel EXIT* (1997) sowie die Romane *Die Schwester* (1998; st 3656), *Nachtarbeit* (2004), *Zirkuszone* (2007) und *Die Teufelswerkstatt* (2010). Topol lebt in Prag. – »Auf dem Kissen ein Löwenkopf« erschien unter dem Titel »Die Vaterpuppe« im *Magazin der Kulturstiftung des Bundes 11*, Frühjahr 2008.

SWETLANA WASSILENKO, geboren 1956 in Kapustin Jar/UdSSR. Studium am Gorki-Literaturinstitut in Moskau. Autorin mehrerer Drehbücher, längere Aufenthalte in den USA. Sergej-Eisenstein-Preis für Filmszenarien, 1999 wurde sie mit dem Nabokov-Preis ausgezeichnet. Auf deutsch erschien zuletzt ihr Roman *Die Närrin* (2003). 2007 und 2010 veröffentlichte sie zwei Gedichtbände. Sie lebt in Moskau. – »Die Stadt hinter Stacheldraht« erschien zuerst in *Last & Lost. Ein Atlas des verschwindenden Europas*, Frankfurt am Main 2006.

SERHIJ ZHADAN, 1974 in Starobilsk/Ostukraine geboren, ist der populärste ukrainische Lyriker seiner Generation. Er promovierte über den ukrainischen Futurismus und gehört zu den Akteuren der alternativen Kulturszene in Charkiw. Seit 1995 publizierte er zahlreiche Gedichtbände, seit 2005 auch Prosa. Auf deutsch erschienen u. a. *Geschichte der Kultur zu Anfang des Jahrhunderts. Gedichte* (2006), der Prosaband *Big Mac* (2011) sowie die Romane *Depeche Mode* und *Anarchy in the UKR* (beide 2007) und *Hymne der demokratischen Jugend* (2009). Die Übersetzung seines Romans *Vorošilovgrad* (2011) ist in Vorbereitung. Zhadan lebt in Charkiw. – »Seemannspaß« erschien unter dem Titel »Postsowjetische Paradiese« in *Odessa Transfer. Nachrichten vom Schwarzen Meer,* Hg. von Katharina Raabe und Monika Sznajderman, Frankfurt am Main 2009.

Inhalt

suhrkamp taschenbücher
Eine Auswahl

Isabel Allende
- Fortunas Tochter. Roman. Übersetzt von Lieselotte Kolanoske. st 3236. 483 Seiten. st 4011. 485 Seiten
- Das Geisterhaus. Übersetzt von Anneliese Botond. st 1676. 500 Seiten
- Inés meines Herzens. Roman. Übersetzt von Svenja Becker. st 4035. 394 Seiten. st 4062. Großdruck. 620 Seiten
- Paula. Übersetzt von Lieselotte Kolanoske. st 2840. 496 Seiten. st 3926. Großdruck. 706 Seiten
- Porträt in Sepia. Übersetzt von Lieselotte Kolanoske. st 3487. 512 Seiten. st 3954. 460 Seiten. st 4091. Großdruck. 604 Seiten
- Zorro. Roman. Übersetzt von Svenja Becker. st 3861. 443 Seiten

Ingeborg Bachmann. Malina. Roman. st 641. 368 Seiten

Jurek Becker
- Amanda herzlos. Roman. st 2295. 384 Seiten
- Jakob der Lügner. Roman. st 774. 283 Seiten

Louis Begley
- Lügen in Zeiten des Krieges. Roman. Übersetzt von Christa Krüger. st 2546. 223 Seiten
- Schmidt. Roman. Übersetzt von Christa Krüger. st 3000. 320 Seiten
- Schmidts Bewährung. Roman. Übersetzt von Christa Krüger. st 3436. 314 Seiten

NF 266d/1/11.11

Thomas Bernhard
- Alte Meister. Komödie. st 1553. 311 Seiten
- Ein Lesebuch. Herausgegeben von Raimund Fellinger. st 3165. 112 Seiten
- Wittgensteins Neffe. st 1465. 164 Seiten

Peter Bichsel
- Cherubin Hammer und Cherubin Hammer. st 3165. 112 Seiten
- Kindergeschichten. st 2642. 84 Seiten

Ketil Bjørnstad
- Villa Europa. Roman. Übersetzt von Ina Kronenberger. st 3730. 535 Seiten
- Vindings Spiel. Roman. Übersetzt von Lothar Schneider. st 3891. 347 Seiten

Lily Brett
- Einfach so. Roman. Übersetzt von Anne Lösch. st 3033. 446 Seiten.
- Chuzpe. Übersetzt von Melanie Walz. st 3922. 334 Seiten

Truman Capote. Die Grasharfe. Roman. Übersetzt von Annemarie Seidel und Friedrich Podszus. st 1796. 208 Seiten.

Paul Celan
- Die Gedichte. Kommentierte Gesamtausgabe in einem Band. Herausgegeben und kommentiert von Barbara Wiedemann. st 3665. 1000 Seiten
- Gesammelte Werke in sieben Bänden. st 3202-3208. 3380 Seiten

Lizzie Doron. Warum bist du nicht vor dem Krieg gekommen? Übersetzt von Mirjam Pressler. st 3769. 130 Seiten

NF 266d/2/11.11

Marguerite Duras. Der Liebhaber. Übersetzt von Ilma Rakusa. st 1629. 194 Seiten

Hans Magnus Enzensberger
- Der Fliegende Robert. Gedichte, Szenen, Essays. st 1962. 350 Seiten
- Gedichte 1950 – 2005. st 3823. 253 Seiten
- Josefine und ich. Eine Erzählung. st 3924. 147 Seiten

Louise Erdrich
- Der Club der singenden Metzger. Roman. Übersetzt von Renate Orth-Guttmann. st 3750. 503 Seiten
- Die Rübenkönigin. Roman. Übersetzt von Helga Pfetsch. st 3937. 440 Seiten

Laura Esquivel. Bittersüße Schokolade. Roman. Übersetzt von Petra Strien. st 2391. 278 Seiten

Max Frisch
- Homo faber. Ein Bericht. st 354. 203 Seiten
- Mein Name sei Gantenbein. Roman. st 286. 304 Seiten
- Stiller. Roman. st 105. 438 Seiten

Carole L. Glickfeld. Herzweh. Roman. Übersetzt von Charlotte Breuer. st 3541. 448 Seiten

Philippe Grimbert. Ein Geheimnis. Roman. Übersetzt von Holger Fock und Sabine Müller. st 3920. 154 Seiten

Katharina Hacker
- Der Bademeister. Roman. st 3905. 207 Seiten
- Die Habenichtse. Roman. st 3910. 308 Seiten

NF 266d/3/11.11

Peter Handke
- Kali. Eine Vorwintergeschichte. st 3980. 160 Seiten
- Mein Jahr in der Niemandsbucht. st 3084. 632 Seiten

Marie Hermanson
- Der Mann unter der Treppe. Übersetzt von Regine Elsässer. st 3875. 250 Seiten.
- Muschelstrand. Roman. Übersetzt von Regine Elsässer. st 3390. 304 Seiten.
- Das unbeschriebene Blatt. Roman. Übersetzt von Regine Elsässer. st 3626. 236 Seiten

Hermann Hesse
- Das Glasperlenspiel. Versuch einer Lebensbeschreibung des Magister Ludi Josef Knecht samt Knechts hinterlassenen Schriften. st 2572. 616 Seiten
- Der Steppenwolf. Roman. st 175. 288 Seiten
- Siddhartha. Eine indische Dichtung. st 182. 136 Seiten
- Unterm Rad. Materialienband. st 3883. 315 Seiten

Yasushi Inoue. Das Jagdgewehr. Übersetzt von Oskar Benl. st 2909. 98 Seiten

Uwe Johnson
- Jahrestage. Aus dem Leben der Gesine Cresspahl. Einbändige Ausgabe. st 4059. 1703 Seiten- Eine Reise nach Klagenfurt. st 235. 109 Seiten

James Joyce. Ulysses. Roman. Übersetzt von Hans Wollschläger. st 2551. 988 Seiten

Franz Kafka
- Amerika. Roman. Mit einem Anhang (Fragmente und Nachworte des Herausgebers Max Brod). st 3893. 310 Seiten
- Das Schloß. Roman. st 3825. 423 Seiten. st 2565. 432 Seiten
- Der Prozeß. Roman. st 2837. 282 Seiten

NF 266d/4/11.11

Daniel Kehlmann. Ich und Kaminski. Roman. st 3653. 174 Seiten.

Andreas Maier. Wäldchestag. Roman. st 3381. 315 Seiten

Magnus Mills
- Die Herren der Zäune. Roman. Übersetzt von Katharina Böhmer. st 3383. 216 Seiten
- Indien kann warten. Roman. Übersetzt von Katharina Böhmer. st 3565. 229 Seiten
- Zum König! Roman. Übersetzt von Katharina Böhmer. st 3865. 187 Seiten

Cees Nooteboom
- Allerseelen. Roman. Übersetzt von Helga van Beuningen. st 3163. 440 Seiten
- Rituale. Roman. Übersetzt von Hans Herrfurth. st 2446. 231 Seiten.

Elsa Osorio. Mein Name ist Luz. Roman. Übersetzt von Christiane Barckhausen-Canale. st 3918. 434 Seiten

Amos Oz. Eine Geschichte von Liebe und Finsternis. Roman. Übersetzt von Ruth Achlama. st 3788 und st 3968. 829 Seiten

Marcel Proust. In Swanns Welt. Auf der Suche nach der verlorenen Zeit. Übersetzt von Eva Rechel-Mertens. st 2671. 564 Seiten

Ralf Rothmann
- Junges Licht. Roman. st 3754. 236 Seiten
- Stier. Roman. st 2255. 384 Seiten

Hans-Ulrich Treichel
- Menschenflug. Roman. st 3837. 234 Seiten
- Der Verlorene. Erzählung. st 3061. 175 Seiten

NF 266d/5/11.11

Mario Vargas Llosa
- Das böse Mädchen. Roman. Übersetzt von Elke Wehr. st 3932. 395 Seiten

Martin Walser. Ein fliehendes Pferd. Novelle. st 600. 151 Seiten

Carlos Ruiz Zafón. Der Schatten des Windes. Übersetzt von Peter Schwaar. st 3800. 565 Seiten

NF 266d/6/11.11